猫又の恩返し

猫《ねこ》又《また》の恩《おん》返《がえ》し

妃《ひめ》川《かわ》 螢《ほたる》

ILLUSTRATION：北《きた》沢《ざわ》きょう

猫又の恩返し

LYNX ROMANCE

CONTENTS

猫又の恩返し

十二支がぐるっと一周、巻き戻ったくらい昔のこと——。

道路に飛び出したのは、助けを呼びたかったから。

猛スピードで走ってきた車のヘッドライトを避けたつもりが、引っ掛けられて、小さな軀《からだ》が路肩に転がった。

「みゃ……っ」

悲鳴を上げても、車は止まらない。小動物を軽くひっかけただけでも、衝撃はドライバーに伝わるはずなのに。

誰か……誰か……おじいさんを助けて。大好きなおじいさんを助けて……。

雪之丞《ゆきのじょう》は、滲《にじ》む視界で満月を見上げた。星が霞《かす》むほどに明るい月夜だ。こんな夜はきっと、お月様が力を貸してくれるはず。

でも、車に引っ掛けられた軀が痛んで、動けない。

「う……みゃ…ぁ」

どうにかして立ち上がろうとするも、小さな呻《うめ》き声しか出ない。

だがそれも、獣《けもの》の発するものである限り、通りを行き交う車を運転する人間に届くはずもなかった。

おじいさん……助けてあげられなくてごめんなさい。ずっと傍《そば》にいてあげられなくてごめんなさい。

おばあさんと約束したのに……。

「……っ」

そのとき、走ってきた車が減速して、少し先の路肩に停まる。

人の降り立つ気配。駆けてくる足音。小さな軀に手が伸ばされる。

「どうした？　轢《ひ》かれたのか？」

草むらに倒れ込む雪之丞をそっと撫《な》でて、怪我《けが》の状態を確認する。

「脚を怪我しているな」と、まだ若い人間は呟《つぶや》いた。

「おじいさん……助けて……」

どうせ通じないとわかりつつ、訴えずにいられなかった。

「おじいさん？　飼い主のことか？」

人間が問い返す。

「うみゃ……、……っ!?」

まるであたりまえのように返されて、驚いた。

大きく見開いた瞳《ひとみ》で凝視する雪之丞に構わず、人間は真っ白の毛並みを汚す土埃《つちぼこり》と血をハンカチで拭《ぬぐ》って、「たぶん、後ろ脚が骨折してるな」と冷静に判断する。

「病院へ行こう」

どうして……？　と、瞳を瞬《しばたた》く。偶然？

「ボクの言葉がわかるの……？」

恐る恐る尋ねてみる。やさしそうな人間は、ニコリと微笑《ほほえ》んだ。

「ニャンコ、名前は？　飼い主さんに連絡を――」

「おじいさんを助けて！」

自分のことなど二の次で叫んでいた。

「落ちついて。動いちゃダメだ」

命に別状はないようだが、ちゃんと検査をする必要があると言う。でもそんなこと、雪之丞にとってはどうでもいいことだ。

「おじいさんが倒れたんだ！　お願い！　助けて！」

人間の腕にひしっと縋《すが》る。

ずっと一緒にいると約束した。おばあさんが死んだときに。病床のおばあさんが心配するから、ずっと僕がおじいさんの傍にいるから大丈夫だよって、約束したんだ。

「お願いだよぉ……」

猫として、そこそこ長く生きてきた。残りの猫生、大好きなおじいさんの傍にずっといると誓ったのだ。だから、お願い……！

「わかったから。さ、大人しくしてるんだ。おまえが元気じゃなきゃ、おじいさんが心配するぞ」

傷ついた雪之丞を抱き上げ、脱いだカーディガンにそっと包んでくれる。温かくて、泣けてきた。

「うにゃあぁあ〜」

「おじいさんの家に案内しろ」

できるな？　と涙を拭《ぬぐ》ってくれる。

「助けてくれるの⁉」

「俺は動物の医者だ。俺に助けられるのはおまえだけだ」

でも、医者を呼ぶことはできる、と言う。車に駆け戻って、ドライバーズシートに飛び乗った。カーディガンに包んだ雪之丞を、助手席にそっと寝かせる。

「獣医……？」

「——の卵だけれどね。未来の名医さ」

獣医学部に通う学生なのだと、人間は言った。そして、難しい言葉を知っているんだな、と頭を撫でてくれる。

「つらくなったら言うんだぞ」と、人間は車を発進させた。

「どうしてボクの言葉がわかるの？」

「さあ？」

どうしてかな？　と首を傾げる。

「物心ついたときには、君たちと言葉を交わせたからね」

奇妙な人間は、丁寧な運転で、でも猛スピードで、おじいさんの待つ家に駆けつけてくれた。

それから、救急車というのを呼んで、おじいさんを病院に運んでくれた。

その間に、近所の動物病院に駆け込んで、応対に出てきた獣医に、雪之丞の手当てを依頼してくれる。

おじいさんは、しばらく入院したあと、無事に退院することができた。けれど、住み慣れた家に戻るのではなく、娘さんが嫁いだ先の土地に行くことになった。ひとり暮らしが難しくなったのだ。

「雪之丞、おまえも一緒に来てくれるかい？」

退院したおじいさんは、車椅子にのって動物病院に迎えに来てくれた。

そのときには、雪之丞を助けてくれたあの人間の姿は消えていた。治療してくれた獣医が、「旅行の途中だったみたいですよ」と、おじいさんに説明していた。

「みゃあ！」

雪之丞の答えはひとつだった。

おばあさんとの想い出の残る家に帰れないのは寂しいけれど、でもおばあさんと約束したから、おじいさんについていく。

動物の言葉を理解する不思議な人間に、もう一度会いたいけれど、でもおばあさんとの約束のほうが先だから。おじいさんがおばあさんのところへ行くまで、ずっと傍にいるのだ。

約束を果たしたら、あの人間に会いに行こうと決めた。

会って、おじいさんを助けてくれたお礼を言わなくちゃ。

おじいさんの膝《ひざ》に抱かれて夜空を見上げたら、眩《まばゆ》いまんまるお月様が、ぽかりと浮かんでいた。

そして、十二支がぐるっとひとまわりして、今――。

1

探しあてた動物病院は、商店街を抜けた先、住宅街の一角にあった。

昔ながらの個人商店が並ぶ商店街は、大型店に押されがちな昨今にあって、成功例と言えるほどに賑《にぎ》わっている。

だが、昼間は人通りの多い商店街も、夕方の混雑時間を過ぎれば、行き交う人の姿はまばらになる。

まん丸な月の浮かぶ夜。

商店街は街灯が明るくて、月も星も霞んで見えるけれど、閑静な住宅街に足を踏み入れれば、都心近くにあっても夜空はそれなりに美しく見える。特に今宵《こよい》のように、大きく眩い月の浮かぶ夜は……。

青白い月明かりに照らされて、肩甲骨のあたりまで伸びた銀髪が煌《きら》めく。

痩身《そうしん》に白い肌、月を見上げるのは金と碧《あお》の瞳。

足元に落ちる影には、人ならざるものの気配が混じる。すらりと伸びた細長い影が二本、何がしかの意志を持ってゆらめく。頭の上には、三角形のものがふたつ。

けれど、月明かりに照らされる銀髪の頭には、何もない。もちろん、細長い二本のなにがしかの存在も。

足音も立てず商店街を駆け抜けた痩身は、動物病院の前で足を止めた。

「ここだ」

大きな金と碧の瞳が瞬く。

「間違いない。あの人間の匂《にお》いがする」

銀髪に金と碧の瞳をもつ美青年。

国籍不詳のエキゾチックな美貌《びぼう》は、一見すると男女の区別がつかない。中性的で幻想的ですらある。

だが、その金碧妖眼に浮かぶのは、悪戯《いたずら》な色。新たに見つけた興味の対象に眼を輝かせる赤子のようであり、あるいは仔猫のようでもある。

白い外観の動物病院は、一見すると少し大きめの一軒家のように見える。門柱に《かがみアニマルクリニック》と小さな看板が揚《あ》がっていなければ、そうとわからないだろう。

二階建ての病院スペースの奥に、院長の自宅があるのだが、それは表からは見えない。

路地を挟んで向かい側に、五台分の駐車スペース。動物病院専用と、こちらも小さく案内が出ている。

病院の玄関前まで来て、プレートが下がっていることに気づく。「休診中」と書かれていた。

だが、室内からは明かりが漏《も》れている。

ドアには鍵がかかっていた。簡単には開かない。

首をかしげてじっとドアを見つめることしばし、唐突に青年の姿が消えた。――いや、眩い光に包まれて、変化した。

病院の自動ドアの前にちょこん！　と佇《たたず》む白銀の猫。ぴんと立った耳と、二本の長い尾。

しなやかなその姿が、ドアをすり抜ける。

「あの人間の匂い……こっちだ！」

ずっと覚えていた。

あの夜、助けてもらったときからずっと。

おじいさんにお別れしたら、会いに行くのだと決めていた。

おじいさんを助けてくれたお礼を言わなくちゃ……と、ずっと思っていた。

だから、会いに来た。

「ボクのこと、わかるかな」

雪之丞はひとりごちる。

尻尾は二股《ふたまた》に割れたけど、それ以外はあの夜と変わってない。だからきっと、わかってくれるはず！

「ボクの言葉、わかるよね」

おばあさんとの約束を守って、最期までおじいさんの傍にいたのだと話したら、頭を撫でてくれるだろうか。

よくやったな……と、褒《ほ》めてくれるだろうか。

あのあとどんな毎日だったのか、話を聞いて欲しい。おじいさんと過ごした時間を……もう誰とも共有できない時間を、語りたい。

あの夜から、人間の時間ではもう十年以上の時間がたっている。人間は変わっているだろうか。でも、もし姿形が変わっていても、自分にならわかる。

診察室の明かりは消えているけれど、奥から明かりが漏れている。人の気配もする。それから、話し声も。

ドアが薄く開いていて、明かりと人の声はそこから漏れていた。

ととっとドアの影に駆け寄って、室内を覗《のぞ》き込む。

内庭に面した掃《は》き出し窓の前に置かれたチェアに、白衣の男性が腰掛けているのが見えた。背中を向けているから顔はわからない。

低いテーブルには、急須《きゅうす》と湯飲み、饅頭《まんじゅう》などの和菓子の包みが盛られた菓子器。

掃き出し窓が開いていて、白衣を着た人間は、中庭に視線を向けている。上体を屈《かが》めて、花壇《かだん》でも覗き込んでいるのだろうか。

だが、話し声も聞こえる。庭に誰かいるのかもしれない。

そーっとそーっと、部屋に侵入して、気づかれないように様子をうかがう。可能な限り気配を消して、背を向ける白衣の主の顔の見える場所まで進む。

横顔が見えた。

――あの人間だ……！

間違いない。あの夜、助けてくれた、言葉のわかる人間だ！

こんばんは……と、声をかけようとして、それに気づいた。

掃き出し窓の外、なつかしさを感じさせる縁側に、小さな影が並ぶ。小さいというのは、白衣の人間に比べて、という意味だ。足元に並ぶ小さな存在たちに、白衣の人間は視線を落としている。

『猫にかつぶしっていう、固定観念をどうにかしてほしいんだよね！　そう思わない？』

「固定観念なんて、難しい言葉を知ってるなぁ」

『だって、うちのご主人さま、大学教授だもん！　ともかく！　ボクはササミの茹《ゆ》でたのが好きなの！　なのになんで毎日かつぶしなんだよ！』

「わかったよ。今度いらっしゃったら、それとなく言っておくから」

『絶対だよ！』

高い声の主の懸命な訴えを、白衣の人間は楽しそうに聞く。すると、今度は別の声が割って入ってきた。

『もう話は済んだだろ！　替われよ！　あのね、先生！』

聞いて聞いて！　と足元に縋ってくる影に視線を落とし、人間は「爪《つめ》が伸びてるな」と呟く。

「切ってやろう」

おいで……と、縁側に向かって手を伸ばす。

「ええ～」

嫌そうな応え。

「巻き爪になって、歩けなくなってもいいのか？」

『やだ』

「じゃあ、切ろうな」

『うん』

白衣の人間が抱き上げたのは、まだ小さいサバトラ猫だった。人間は、白衣のポケットを探って、爪切りを取り出す。

縁側で交わされていた会話は、人間と集まってきた猫とのものだったのだ。

少し角度を変えて覗き込むと、縁側には、最初に文句を垂れていた一匹と、いま抱き上げられている一匹のほかにもう何匹か、猫が集っている様子。

『いいなぁ、ボクも！』

また別の声が、自分もかまえと訴える。

「順番にね。いい子で待っていたら、おやつをあげるよ」

『ホント!?　いい子でまってる！』

人間の足元にすり寄ってきたのは、ブチ模様の仔猫だった。

その小さな頭をひと撫でして、人間は膝に抱いたサバトラの爪切りに集中する。おとなしく爪を切らせたサバトラは丁寧に撫でてもらって、満足げだ。

ついで、さきほど足元にすり寄っていたブチ模様の仔猫を抱き上げ、同じように爪切りをはじめる。

どの猫も、首輪をしていない。ここらに住みつく野良猫だ。

彼らがこの場に集っている理由は、いわずもがなだった。

この人間が言葉をわかってくれるから。やさしくしてくれるから。

やさしく……。

――ボクだけ特別じゃなかったんだ……。

特別にやさしくしてくれたわけじゃなかった。

あたりまえだ。人間は獣医で、動物を助ける仕事をしていて、野良猫にだってわけへだてなくやさしい。

自分をたすけてくれたのだって、たまたま。

おばあさんとの約束を守って、おじいさんを送ったら……ひとりぼっちになったら、会いに行こうなんて、自分が勝手に思っていただけ。

『ねぇねぇ先生、抱っこして』

一匹の三毛猫が、白衣の裾《すそ》にじゃれつく。

「甘えん坊だな」

人間は、骨組みの軽い雌猫《メス》をひょいっと片手で抱き上げて、背を撫でた。

『えぇ～、ずるいっ、ボクも！』

『ボクも！』

集まる野良猫たちが口ぐちに文句を訴える。

「そんなことを言って。おまえもおまえも、可愛《かわい》がってくれるオジサンとオバサンがいるだろう？」

通い先があるではないかと諫《いさ》められて、二匹が口を尖《とが》らせる。それでも、おでこをちょいちょいっと撫でられて、ご機嫌に尻尾を立てた。

『ねぇ、先生。四丁目の――』

人間を囲んでの、猫たちの集会は、まだまだお開きになる様子はなかった。新参者がつけ入るスキも見当たらない。

物陰から様子をうかがっていた雪之丞は、そっとあとずさりして、忍び込んだドアへと戻った。

しゅうんっと耳を伏せ尻尾を垂れて、名残り惜し気に何度も部屋を振り返りながら、その場をあとにする。

とぼとぼと診察室を通り抜け、病院の玄関をすり抜けて、外へ出た。

まんまるなお月様が、少し角度を変えている。風が強くなって、眩かった月に雲が射しはじめる。

月の青白い光に満ちていた夜空が、途端に薄暗くなった。

車がたくさん走る広い道路なんて、おじいさんとおばあさんと暮らした土地にはなかった。

ここまでは、二股に割れた尻尾の力でどうにか来たけれど、気落ちするあまり、周囲への警戒がおろそかになっていた。

大きな通りを、まったく左右を確認することなく渡ろうとして、迫ってくる大きな光の玉に気づいて、目を瞠《みは》る。

大きな光の玉はふたつ。

走ってくる車のヘッドライトだと、気づいたときには、遅かった。

おじいさん……おばあさん……。

最後に、あの人間の顔を見た気がした。

温かな光に包まれて、急速に意識が浮上する。

ボク、おじいさんとおばあさんのところに来たのかな……？

あれ？　でも、おじいさんとお別れする前に、尻尾が二股に割れたはず……あの二股尾は、猫としての生と引き換えに、永遠の時間を生きる証《あかし》のはず……。

「うにゃ……」

反射的に身体を起こそうとして、自由にならないことに気づく。口をついたのは、獣の鳴き声。

「気がついたかい？」

やさしい声がして、耳にそっと温かいものが触れた。人間の手だ。いつもおじいさんが撫でてくれたのと同じ、やさしい手。

「……」

瞳を瞬いて、ようやく焦点が結ぶ。白い世界、というのが第一印象だった。だから咄嗟《とっさ》に天国かと思って、でも違うとすぐに思い直す。

記憶にあるのと少しだけ違う、でも会いたかった人間の顔があった。

「ボク……」

声が掠《かす》れて、うまく紡《つむ》げない。

「車道に飛び出したら危ないだろう？　ママに教わらなかったのか？」

ママ……？

「お母さんや兄弟たちは？　はぐれたのか？」

「兄弟……？」

兄弟たちとわかれたのは、もうずーっと昔のことだ。おじいさんに拾われる前。ある朝おかあさんが冷たくなっていて、兄弟でねぐらを抜け出した。その兄弟たちともいつの間にかはぐれていて、気づいたら自分ひとり、植え込みの陰で震えていた。おじいさんが見つけてくれなかったら、きっと死んでいた。

おじいさんとおばあさんのもとで、猫として長い時間を生きて、幸せだったから、母親や兄弟たちのことを思い出すこともなかった。

「心配しなくていい。幸い怪我はたいしたことはない。運がよかったな」

そう言って、耳を撫でてくれる。心地好かった。

「ケガ……」

見れば、投げ出した前脚に、白い包帯が巻かれている。

「覚えてないのか？　車に跳ねられたんだ」

言われてようやく、眩しい光の玉に包まれたときのことを思いだした。あの光は車のものだったのだ。

「しばらくは痛むけど、もとどおり歩けるようになるから、いい子にしてるんだぞ」

動かそうとしたら後ろ脚にも違和感。

「……」

小さい。

包帯の巻かれた前脚も、動かしにくい後ろ足も、小さかった。その昔、おじいさんに拾われたころと変わらないサイズ。仔猫のものになっている。

――妖力、つかっちゃったんだ……。

咄嗟に車をよけようとしてよけられなくて、身を守るために、二股尾の力を無意識のうちに使ってしまったらしい。

猫又になるとき、神様に言われた。

妖力を使いすぎると、小さくなってしまうから気をつけなさい、と……。

すると、部屋のドアが開けられて、頭髪に白いものが混じって綺麗《きれい》なグレーになった、恰幅のいい老女が顔を覗かせた。おじいさんより早くに亡くなったおばあさんを思い出す。

「仔猫ちゃん、目が覚めたんですか？」

「ええ」

「それはよかったわ。寝ずの看病をした甲斐《かい》がありましたねぇ」

部屋に入ってきた老女は、ピンク色の看護服を着ていた。

「見つけてくれたサチさんのおかげですよ」

どうやらこの老女が、車に轢かれた雪之丞を見つけて、この病院に運んだらしい。

「びっくりしましたよぉ。コンビニで買い物して出てきたら、目の前で猫が跳ね飛ばされたんですもの！　駆け寄ってみたらこんな小さな仔で、またビックリ！」

よく助かりましたねぇ……と、ふくよかな手を頬《ほお》に当てる。

「まともに跳ねられたから、ダメかと思ったんですよ。停まりもせずに走り去るなんて、ほんっとロクでもない運転手だったら！」

人間だったら轢き逃げですよ！　と、憤慨《ふんがい》する。

「コンビニの防犯カメラに映ってないかしら！」

「無理ですよ。仔猫の轢き逃げじゃ、警察は動いてくれません」

「理不尽ですよねぇ」

動物だって、同じ命なのに……と、くびれのない腰に手を当てる。そして、にっこりとやさしい笑みを雪之丞に向けた。

「でも不幸中の幸いだったわねぇ、仔猫ちゃん。うちの若先生は腕ききだから、すぐによくなるわ！」

耳と耳の間をやさしく撫でてくれる。やっぱり、おばあさんに似ていると思った。あたたかくてやさしい手だ。

「でもどうします？　首輪はしてませんけど、真っ白でずいぶんと綺麗な仔ですし、飼い猫だったかもしれませんねぇ」

「幸せを招くオッドアイですしね」

左右の目の色が違う白猫は、幸せを招くと昔から言われているのだ。

「ご近所の方や患者の飼い主さんたちに、ちょっと聞いてみてもらえますか？　迷子かもしれないし」

「そうしてみましょうね」

頷いて、サチと呼ばれた老女は、壁にかけられた時計を確認する。朝の七時を指していた。

「開院までまだ時間ありますし、仮眠を取られてはいかがです？」

夜遅い時間に雪之丞が運ばれたから、寝ないで看病してくれていたのだ。やっぱりやさしい人間だ。

あのときと変わってない。

「いや、もう少し、この仔についているよ」

診察開始時間まで、雪之丞についていてくれると言う。

「じゃあ、朝ごはんをお持ちしますね」

「いつもすみません」

サチが奥へと消えたのを確認して、人間はまた雪之丞に視線を向ける。そして尋ねた。

「おまえの名前は？」

そういえば、あの夜には名乗っただろうか。覚えていない。

「雪之丞」

おじいさんが付けてくれた、大切な名前だ。人間は「立派な名前だね」と褒めてくれる。雪之丞は誇らしい気持ちになった。

「僕は鑑爵也《かがみたかや》。ご覧のとおり、動物のお医者さんだ。君の言葉は理解できるから、痛いところや苦しいところがあったら、ちゃんと言うんだよ」

どうせ訴えても伝わらないと、諦めなくていいと言う。

「うん……」

「いい子だね。少しお眠り」

やさしい手に撫でられて、心地好《よ》くて瞼《まぶた》が落ちる。

大丈夫だ。

もう一度会えた。

今でも、ちゃんとボクの言葉をわかってくれる。

安心したら、急速に睡魔《すいま》が襲ってきた。薬の関係かもしれない。

やわらかなタオルの敷かれたベッドで、雪之丞は久しぶりに安息を得た。


住宅街の、決して便利とはいいがたい場所にあるのに、《かがみアニマルクリニック》は大変繁盛している。

あまりいい言い方ではないが、大半の患者が、さして重篤《じゅうとく》でもない診断を受けているとなれば、話が違う。

どういうことかというと、問題は動物たちではなく、飼い主のほうだ。

陽当たりのいい縁側近くに置かれた猫用ベッドの上で、雪之丞は病院の様子をうかがう。

朝からひっきりなしに患者がやってくる。

動物の言葉のわかる爵也は、どこが痛いとか苦しいとか、ちゃんとわかってくれるから、病気や怪我を抱えた動物たちにとっては救いの神だ。

けれど、雪之丞が見ている限り、朝から重篤な患者は数えるほど。

大半が定期検診か予防接種か、あるいは軽い風邪といった診察で、飼い主に半ば無理やり連れてこられている様子が否《いな》めない。

事実、『先生！　ボクどこもわるくないよ！』と訴えているポメラニアンもいた。

理由は単純だ。

爵也がかっこいいから。

白衣の似合う長身のインテリ風イケメンで、しかも独身、動物専門だけれど開業医！　都心に近い住宅地に、医院を兼ねた一戸建て所有、となれば、狙わない女はいない。

「ねえ、先生、うちの娘、帰ってくることになったんです。今度お食事でもどうかしら？」

今度は娘婿《むすめむこ》狙いか。しかも出戻りを押しつけようって？

雪之丞は呆《あき》れた視線で、強引に連れてこられて不服顔のヒマラヤンを見やる。

『先生ダメよ！　躾《しつけ》のなってない瘤《こぶ》が三人もついてるんだから！　三日でウンザリよ！　円形ハゲになりそうよ、私！』

そうとうストレスが溜まっているらしい、うにゃーっ！　と唸《うな》るヒマラヤンを、爵也は「まぁまぁ」と宥《なだ》める。

飼い主の戯言《ざれごと》はほぼ右から左にスルーだが、動物たちの訴えには耳を傾けている。どこも悪くないのに診察に連れてこられたヒマラヤンが、今後ストレスで本当に病気になりかねないことのほうを、爵也は懸念しているようだった。

朝からこんな患者ばかりだ。爵也に色目を使うOLに主婦に、わざわざ遠方から通ってくる金持ちマダム。

OLはともかく、主婦と金持ちマダムはなんだ？　旦那《だんな》はどうした？　イケメンドクターと火遊びしたいって？

もちろん、本当に重篤な患者もいて、そうした動物を診察する腕も目も、爵也は一流だけれど、獣医としてのせっかくの腕が宝の持ち腐れになっているように思えてならない。

人間ってくだらない……と、雪之丞はふかふかのベッドに身体を横たえて、観察をつづける。

おじいさんもおばあさんもやさしい人だったけれど、人間がそればかりでないことは、長くペットをしていればわかる。……もはやペットでもないけれど。

「おまえ、夕べ忍び込んできてたやつだろ？」

「……っ⁉」

唐突に間近から声がかかって、雪之丞は驚いて顔を上げる。

きょろきょろ……っと周囲を見やって、声の主を見つけられずにいたら「こっちだ」と下のほうから声がした。

猫用ベッドの脇に、グレーの毛玉と、真っ白な毛玉……。真っ白なほうは、グレーの倍ぐらいのサイズだ。横幅が。

「ジャンガリアン……？」

雪之丞を見上げているのは、二匹の小さなジャンガリアンハムスターだった。

小さいといっても比較対象の問題であって、白いほうは大福饅頭のようにまん丸い。グレーのほうが標準的なジャンガリアンのサイズだろう。

「錫《すず》だ」

グレーが言う。

「ぼく絹《きぬ》」

白い餅のほうが、おっとりと自己紹介をした。

体型は性格を表す……。

「ボクは雪之丞」

首を巡らせると、ローテーブルの上にケージがあった。滑車があるから、二匹の住まいに違いない。入り口が開いていないが、自力で開けたのだろうか。

「知ってる。さっき爵也がカルテを書いてたからな」

グレーの毛色の錫は、ずいぶんと頭がまわるようだった。

「錫、カルテってなぁに？」

「いつも爵也が書いてるやつ」

一方の大福……いや絹は、体型に似合って脳味噌もおっとりしているらしい。ずーっと口をもごもごさせている。頬袋がぱんぱんになっているから、ひまわりの種でも大量に隠しているのだろう。

「おまえ、もっとでっかくなかったか？」

錫の思いがけない指摘に、雪之丞は驚いて目を見開いた。

「……っ!?　……え？」

「夕べ、病院に忍び込んで覗いてたじゃないか」

あのときは仔猫じゃなかったと言う。錫の口調は断定的だった。まさか見られていたなんて……。

「それに、その尻尾。なんで二本あるんだ？」

錫と絹には、二股尾が見えている様子。

爵也は何も言わなかった。だから、完全に普通の猫のふりができているものと思っていたのに……。

「えぇ……と」

「ぼく知ってる！　猫ってね、長く生きると妖怪になるんだって！」

猫又っていうんだよ！　と、絹が口をもごもごさせながら言う。「喋《しゃべ》るか食うかどっちかにしろ！」

と、錫にぺちっと殴られても、へへ……と笑っている。

おつむゆるそうなクセして、どうして妙な知識だけはあるんだよっ！

「おまえ……なにたくらんでるんだ？」

錫が真っ黒なつぶらな目を眇《すが》めて胡散臭《うさんくさ》そうに雪之丞を見やる。

「た、たくらんでなんて……」

「じゃあなんで、チビになって戻ってきたんだよ！」

「そ、それは……」

うっかり車に轢かれたときに妖力をつかっちゃったからです……。

「おまえ、本当に猫又か？」

狩る対象のネズミにこうまで言われる猫って……。

「う、うるさいなっ、食うぞ！」

「ネズミなんて狩ったこともないくせに、よく言うぜ」

キャットフード以外、食ったことねぇだろっ、と錫が吐き捨てる。

うう……反論の余地もない……。

「……ないです」

馬鹿正直に返したら、錫が呆れた顔で腕組みをした。

「先生に報告するからな」

「え？」

「黙っておけないだろう？　得体のしれないやつが病院に忍び込んできたなんてさ」

患者が途切れたタイミングを見計らって、錫が診察室へ向かおうとする。雪之丞は慌ててそれを止めた。

「待って！」

グレーの毛玉が足を止めて振り返る。白い毛玉は動いていない。

「ボ、ボク、怪しくないよっ、先生に会いに来ただけなんだっ、本当だよっ」

だからお願い黙ってて、と懇願する。怪我をした仔猫だからやさしくしてくれるけれど、妖怪だとばれたらさすがに気味悪がられるだろう。それは嫌だ。

「お願い。先生にお礼をしたいんだ」

「礼？」

錫は少し考えるそぶりを見せて、それから「いいよ」とニンマリ。

「そのかわり」

そのかわり？

「今日からおまえ、俺たちの下僕な！」

「……ボク、入院中……」

「妖怪なんだろ？　怪我ぐらいすぐに治せるだろ」

そうだけど、怪我が治ったら病院にいられなくなる。

「先生は、ケガが治ったからって、行き場のない仔猫を放り出したりしない」

俺たちのように、と言葉を足す。

「きみたちは……」

「ぼくたちね、病院の前にケージごと捨てられてたの」

大福饅頭……ならぬ絹が、もごもごとひまわりの種を咀嚼《そしゃく》しながら言う。

「先生がたすけてくれたんだよ」

だからぼくも錫も先生が大好きなんだよ、と丸い躯をさらに丸くして、幸せそうに言った。

「やぁベティ、今日はどうしたのかな？」

「わふっ」

爵也の声に気づいて、雪之丞は診察室に目を向けた。新たな患者が来ていた。

「ちっ、またあのババアかっ」

錫が吐き捨てる。

「また、って？」

「毎日くるんだよね、あのオバサン」

絹がもごもごと言う。

「毎日？」

いくら重篤な病気だったとしても、毎日はおかしくないか？　だったら入院したほうが早い。

「頭がちょっとイっちまってるんだ、あのオバサン」

錫が口汚く罵《ののし》るのには、理由があるようだった。

「ストーカーって、いうんだよね、人間の世界では」

おつむゆるそうな顔をして、妙なことばかり知っている絹が言う。

「ストーカー？」

錫が頷いた。

「けど、獣医も客商売だからな。おっぱらうわけにもいかないんだ」

半分は、あの飼い犬が心配だからだろうけど、と錫は面白くなさそうに言う。

たしかに、患者として連れてこられているトイプードルは、申し訳なさそうに縮こまっている。

『先生、ごめんなさい……』

上目遣いに言う。そんな飼い犬に、飼い主の婦人はまったく意識を向けていない。その目は暗くて、病《や》んでいるのがひと目でわかる異様さだ。

だが、そんな飼い主でも、トイプードルにとっては主なのだろう、爵也と飼い土の顔を交互に見て、不安そうにしていた。そんなトイプードルも、爵也に「大丈夫だよ」と撫でられると、ようやく安堵《あんど》の表情を見せる。

「あんな人間に、ペットを飼う資格なんてないんだ」

自分たちを捨てた人間を思い出すのか、錫が容赦ない口調で吐き捨てる。

「病院には、いろんな人間と動物がやってくるんだね」

雪之丞の呟きを聞いて、錫が「呑気《のんき》なやつだな」と毒づく。

「おまえには治療費を払ってくれる飼い主もいないだろう？　だったらそのぶん先生のために働けよ」

自分たちみたいにな！　と、小さなジャンガリアンハムスターに睨《にら》まれて、雪之丞はどうにも納得しかねる気持ちが拭えないながらも、ひとまず「はい」と頷いた。

2

診療時間を三〇分以上オーバーして、午前の診察が終わった。それだけ病院が盛況だ、ということだ。

「また脱走したのか」

雪之丞のベッド脇で遊ぶ錫と絹を見つけて、爵也が呆れた口調で苦笑する。

「新参者の顔を拝みに来ただけだ」

錫の生意気な返答に笑って、爵也は「野良猫に襲われたらどうするんだ」と、錫と絹をケージに戻した。

「雪之丞……長くて呼びにくいな、ユキでいいかい？」

雪之丞は、少し考えてコクリと頷いた。猫又になって、新たな名前で呼ばれるのも悪くない。

「傷を見るよ。痛かったら言うんだよ」

そう言って、雪之丞を抱き上げ、診察台にのせる。

雪之丞は神妙な面持ちでコクリと頷いた。痛いことをされるのかと思ったのだ。

「すごい回復力だなぁ。もうこんなに傷痕が綺麗になって……君たちは本当にすごいね」

人間だったらこうはいかないよ、と頭を撫でてくれる。

傷に薬を塗りなおしてもらうときに少し染みたけれど、あとは痛くも怖くもなかった。

「ボク、お礼がしたいんだ」

「礼？」

「人間の飼い主がいる場合は、治療費を払うんでしょう？　でもボク……」

「チビのくせに、妙なことを知ってるなぁ。そんなこと、気にしなくていいんだよ。それより――」

診察台の横のデスクに置かれたパソコンを操作して、何かを表示させた。『里親募集』と書かれている。

「里親探しをしようと思うんだ」

これはチラシだよ、と言う。

「里親？」

「きみの新しい飼い主さん。いい人に飼ってもらわないとね」

可愛い写真を撮って載せて、里親を募ろうと提案される。

雪之丞は絶望的な気持ちで声を震わせた。

「ヤだ」

「……？　ユキ？」

悲壮な表情の雪之丞を怪訝《けげん》に見やって爵也が眉根《まゆね》を寄せる。

「ヤだ！　どこにも行きたくない！　ここに置いてください！　お願い……！」

小さな軀で飛びついて、白衣にひしっと縋る。

「ユキ？　落ち着いて。どこかへやろうっていうんじゃないんだよ。ちゃんとしたおうちに……」

「やっと会えたのに……っ！」

叫んだと同時に、雪之丞の軀が光に包まれた。

「ユキ？　……っ!?」

爵也の目が驚きに見開かれる。

診察台の上で白衣に縋っていた怪我をした仔猫は、光の収束に合わせて、姿を変えていた。

真っ白な毛並みの仔猫から、猫耳に二股尾を備えた……幼児に。

「……え？」

爵也が唖然《あぜん》とした眼差《まなざ》しを胸元に落とす。

真っ白な耳に、真っ白な長い尻尾が二本。プラチナブロンドに、金と碧の瞳。実に愛らしい幼子が、
古めかしい貫頭衣姿でそこにいた。

「えぇぇぇぇ……っっ！」

叫び声は、猫耳二股尾を装備した、張本人のもの。

叫びたいのはこちらのほうだと、言いたい言葉を呑《の》み込む爵也の視界のなか、チビ猫から幼児に変化してしまった猫又は、この場を切り抜けるイイワケをぐるぐると考えて考えて考えて――……諦めた。

きっと追い出される……！　と思ったら、じわ…っと涙が滲んだ。

「うえ…え、え……っ」

ボロボロと、大粒の涙をこぼして、しゃくりあげる。

その華奢《きゃしゃ》な肩が、ふわりと温かいものに包まれる。爵也の腕だ。

「猫又の患者ははじめてだ」

しみじみと呟く声に、嫌悪も恐怖もなかった。

涙に濡れた瞳を上げると、やさしい笑みで返される。

雪之丞は泣いた。

嬉しくて悲しくて切なくて、でもやっぱり嬉しくて。

やさしかったおじいさんとおばあさんを思い出して泣いた。

おばあさんとの約束どおりおじいさんを送って、ひとりぼっちになったときの寂しさを思い出して、

また泣いた。

おばあさんとの約束を守りたくて、おじいさんの傍に最期までついていたくて、猫又になったのに、おじいさんが亡くなったら、人間の傍にいられなくなった。

だって、猫又だから。

だってもう、普通の猫には戻れない。

だから会いたかった。言葉をわかってくれる人間に。

「そんなに泣いたら、目が腫《は》れてしまうよ」

ぎゅっと抱きしめられて、温かくて、幸せで、とろんっと瞼が落ちた。


泣き疲れて眠る幼子……いや、猫又妖怪を腕に抱いて、爵也は「ふむ」と思案する。

これは使えるかもしれない。

最近身の回りが少々騒がしくて、辟易《へきえき》しはじめていたところだった。

愛らしい仔猫又妖怪は愛《め》でるに値する。

妖怪のくせに、まるで人間を疑わない素直さもいい。

やさしくて腕のいい獣医として評判の爵也だが、実のところこの男、およそ人間というものに興味がない。

爵也のやさしさはすべて、庇護《ひご》を必要とする小さなものに向けられる。ようは動物たちだ。それから、小さな子どもたち。

もちろん妙な趣味はない。小さな子どもも、爵也にとっては仔猫や仔犬と大差ないひ弱な生き物でしかない。

だから、どれほど秋波を送られようとも、飼い主にはまるで興味がない。興味がないどころか、爵也は女嫌いを自覚している。だからといって、同性が好きなのかと訊《き》かれるとそういうわけでもない。来る者は選び、去る者は追わない主義。先述のとおり、人間に興味がないのだ。

そんなわけで、患者の容体にかかわること以外、飼い主からは何を言われても基本的に右から左だ。

爵也が気にするのは、目の前にいる患者――動物のみ。

本来獣医は、患者以上に飼い主との関係が重要となる。爵也のようなスタンスで営めるものではないが、それでも病院が繁盛しているのは、ひとえに爵也のビジュアルと動物たちの声を聞けるが故の腕の良さによる。

先の言葉は、別に雪之丞を安堵させようとして言ったわけではない。本心だ。

さすがに妖怪の患者ははじめてだし、人間の幼児に変化する仔猫と遭遇したのもはじめての経験だ。

だが、人間の薬が効くようだし、あとは耳と尻尾さえ誤魔化せれば、なんとでもなるだろう。

なにより、泣いている子どもを放り出すことはできない。――中身は子どもではないのかもしれないけれど。


雪之丞が爵也の白衣の胸元に包まれて眠っている間に、爵也はあれこれ手配を終わらせた。

「あらあら、まあまあ」

何があらで何がまあなのかよくわからないが、爵也の膝に抱かれた小さな雪之丞を見たサチは、ふくよかな手を頬に当てて、目を丸くする。

「あらいやだ先生、いつの間にこんな可愛らしい子を？」

いったいどういう意味なのか、計りかねるが、サチは昔からこうだから、爵也も適当に合わせる。

「内緒です」

爵也の祖父の代から、ここで動物看護士をしているが、爵也の記憶にある限り、若いころから天然の気のある女性だった。おおらかとも言う。

「隠し子なんて、水臭いですよぉ」

「私に似てるかい？」

「いいえ、ちっとも」

冗談ともつかない言葉を交わして、雪之丞の頭を撫でる。その仕草は、人間の子どもに対するものというより、仔猫を扱うときのそれだが、爵也にその自覚はない。

「こんにちは、お名前は？」

サチは、雪之丞が自分が助けた仔猫だなどと思ってもみない様子で、慣れた様子で幼子に接する。

「雪之丞」

舌ったらずな高い声で雪之丞が答える。それに頷いておきながら、サチは「そう、ユキちゃんっていうの」と、勝手に略した。こうなるとわかっていたから、仔猫姿のときの雪之丞に、事前に了解をとっておいたのだ。

「じゃあユキちゃん、あっちでお着替えしようか」

「可愛いお洋服いっぱい買ってきたのよ」と、子供服ブランドのショップバッグを掲げて見せる。すべて、爵也がリクエストしたものだ。

「……」

雪之丞は、不安げに大きな瞳を瞬いて、爵也の白衣をぎゅっと摑《つか》んだ。

爵也が「私がやりますよ」と返すと、膝の上の雪之丞が、ようやく緊張を解いた。

「大丈夫ですか？」

子どもの世話などしたことはないだろうに、とサチが心配そうに言う。息子を三人育て上げたサチも、妖怪の世話をした経験はないはずだ。

「大丈夫ですよ」

爵也のなかでは、仔猫や仔犬の世話をするのと何が違うのか、といったところだが、サチに反論をもらいそうだったので、口にはしなかった。

「なあに？」

爵也がショップバッグのなかみを取り出して広げると、雪之丞が目を輝かせる。

「お洋服!?」

「そうだよ」

人間の子ども用の洋服が珍しいのか、雪之丞は興味津々の顔。

「中村さんちのジョナが着てるのみたことある！」

「中村さん？」

「おじいさんちのお隣さん！　ジョナは脚の短い小さい犬！」

それは犬用の洋服のことではないのか……。

脚の短い小さい犬というのは、ダックスフンドだろうか。

単なるお洒落《しゃれ》目的だけでなく、小型犬の場合、冬場は洋服を着せないと、日本の気候では寒さ対策が難しい場合がある。

「おじいさん？　昔の飼い主か？」

「うん！」

ショップバッグから出てきたのは、可愛らしい幼児用の衣類各種。もちろん下着や靴下、靴や帽子も揃《そろ》っている。

インターネットで調べてオーダーしたものを、即日配送に間に合わなかったため、サチに受け取りに行ってもらったのだ。すべて爵也の眼鏡にかなった品だから、品質もデザインも間違いない。

オーガニックコットンの柔らかな下着と靴下を履《は》かせ、耳と尻尾を隠すために選んだアイテムを着せる。

木は森に隠せではないが、耳は耳に、尻尾は尻尾に、隠してしまえばいい。

フードに耳のついたデザインの、もこもこのパーカーとお揃いのパンツ。合わせて着ると、白猫の着ぐるみをかぶっているかのようだが、雪之丞のビジュアルなら、誰も文句は言うまい。

プラチナブロンドに零《こぼ》れ落ちそうなほど大きな金碧の瞳と、それを縁どる長い睫毛《まつげ》もプラチナの輝きを纏《まと》っている。キッズファッション誌の表紙を飾る、外国籍のキッズモデル以上の完璧さだ。

「この耳と尻尾は、誰にでも見えるのかい？」

「わかんない」

愛くるしい人間の幼児に化けた仔猫又は、長く生きてきただろう妖怪とは思えない返答を寄越した。

「ボク、爵也のお手伝いをする！」

姿かたちに、思考や口調も影響を受けるのだろうか。仔猫姿のとき以上に、幼い喋り方をすることに気づく。

「お手伝い？」

「ボク、爵也にお礼にきたんだ！　だから、爵也のお手伝いをする！」

「礼？」

いったいなんの礼だというのか。助けた猫が猫又になったとでも？　果たして年間何匹くらいの猫を診ているのか、爵也にもはっきりしない。

そもそも、仔猫姿の猫又など、ありえるのだろうか。

伝承によれば、長く生きた猫は猫又あるいは化け猫と呼ばれる妖怪になるという。どのくらいの年数かといえば、十年、二十年、あるいは百年と、説はさまざまだ。

現代では、多くの猫が十年から二十年と長寿だから、そう簡単に猫又になられても困るが、昔はそんなに長く生きる猫はいなかったに違いない。そうした時代背景から、化け猫伝承が生まれたのだろう。

着替えを済ませて診察室に戻ると、気づいたサチが顔を綻《ほころ》ばせる。

「あらまぁ、可愛らしい！」

褒められて、雪之丞は少し誇らしげに大きな瞳を瞬いた。

「本物の猫ちゃんみたいねぇ」

果たして、雪之丞の猫耳と尻尾が見えているのかいないのか、サチの言動からは計れない。

彼女にとっては、どうでもいいことなのかもしれないと、都合よく受け取っておく。

「お手伝いをしたいと言うんだけど、ユキにできることはあるかな？」

「お手伝い？　まぁまぁ、小さいのにえらいのねぇ」

できそうなことはあるかしら？　とサチが思案のそぶりを見せる。

「ボク、爵也にお礼がしたいの！」

雪之丞が、サチのナース服の裾を引っ張って訴える。

幼子の懸命な姿は愛らしく、サチが眦《まなじり》の皺《しわ》を深める。

彼女に任せておけば《かがみアニマルクリニック》におけるたいがいの事柄は、うまくまわるようにできている。

お洗濯ものをたたみましょうね、とサチに奥の部屋へ連れて行かれて、任されたのは、病院で使う大量のタオルをたたむこと。ちゃんと収納に合わせたたたみかたがあって、サチが丁寧に教えてくれる。

「一回半分にたたむでしょう」

「うん」

「もう一回たたんで」

「う…ん」

「はいできあがり！」

「……」

サチに教えられたとおりにしたはずなのに、隣のサチがたたんだタオルとはまるで別物の、よれよれに仕上がった。

それでもサチは「じょうずにできたわねぇ」と褒めてくれる。

なんだか空《むな》しい気持ちで、「次は？　次は？」とお手伝いできることをねだる。

「そうねぇ、じゃあ、お庭の草むしりをおねがいできるかしら？」

「うん！」

小さな身体でぴょんぴょんと跳ねて、「教えて」とねだる。

サチが中庭に案内してくれた。最初に病院に忍び込んだとき、爵也を訪ねて野良猫たちが集まってきていた縁側のある中庭だ。

「花壇のお花の脇に、ほら雑草が生えているでしょう？　これを抜いてほしいの」

「はぁい！」

「お花は抜いちゃダメよ」

「はい！」

お返事だけは立派に、雪之丞は草むしりをはじめる。おじいさんとおばあさんと暮らした土地は自然豊かな場所だったから、雑草とお花の区別くらいつく。花壇に植わっているのは、野に自然に咲くものではない品種の花だ。

これならうまくできる！　と勢い込んだものの、思いがけない伏兵に邪魔されることとなった。蝶《ちょう》々《ちょう》だ。

白い蝶々がひらひら……と、雪之丞の鼻先をかすめて飛んで……猫の本能が刺激された。猫又になっても猫は猫だ。

「えいっ！」

気づけば蝶々に向かって猫パンチを食らわしていた。人間の幼児の姿のまま。

当然、うまくジャンプできなくて、花壇にべしゃっと顔面からダイブする。

「うにゃぁ」

綺麗に咲いていた花が潰《つぶ》れてしまった。

「あ……お花が……」

草むしりをお願いされたのに、綺麗な花壇を潰してしまって、雪之丞は茫然となる。

「役立たずだな」

ケージを脱走してきた錫と絹が雪之丞の肩によじ登ってきた。

「あーあ、お花つぶれちゃった」

絹の間延びした声が胸に突き刺さる。

「ど、どうしよう……」

おろおろと潰した花の苗を直そうとして、余計にひどい状態になる。拾集がつかなくなって、その場にへたり込んだ。

「うう……っ」

どうしよう……どうしたらいいんだろう……。

「ユキちゃん？　草むしりは終わった？　――あらまぁ！」

様子を見に来たサチが、泥だらけになった雪之丞を見て目を丸くする。

「どうした？」

爵也が診察室から顔を覗かせた。おや、という顔をする。

「ごめ…なさ……ごめんなさい～～～っ」

うえぇぇぇぇっ！　と大泣きをはじめた雪之丞を見て、爵也は小さく笑い、中庭に降りてきた。錫と絹は、叱られる前にと、早々にケージに駆け戻った。

「泣かなくていい」

泥だらけの雪之丞を片手で軽く抱き上げて、頬についた泥を拭ってくれる。

「でも、お花さんが……」

「植物というのは、存外と強いものだよ」

爵也の言葉に、サチが頷く。

「植え直しておきますから。ユキちゃんをお風呂に入れてあげてください」

サチとしては、小さな子どもが庭で遊んでいればいいと思って草むしりなどと言っただけのことであって、本当に仕事をさせようと思ったわけではなかったのだが、雪之丞にそんな人間の事情がはかれるわけもなく、ただただ失敗してしまったことに落ち込んで、しゅうんっとフードの下の本物の耳を伏せる。お尻から伸びた二本の尻尾も項垂《うなだ》れている。

「せっかくのお洋服、汚しちゃった」

「着替えがいくらでもあるから、新しいのを着よう。今度は虎猫さんだ」

お風呂に連れていかれて、檜《ひのき》の椅子に座って、爵也に泡だらけにされた。もこもこの泡に包まれて、頭のてっぺんからつま先まで綺麗に洗われる。

「うにゃっ、にゃ……っ」

「猫又でも人間の姿をしている限りは、お風呂に入って綺麗にしないとね」

耳に水が入らないように押さえられ、シャワーの湯でもこもこの泡を流される。ぴかぴかになったところで、お陽様の匂いのするふかふかのタオルに包まれた。

ドライヤーの風から逃げようとすると、爵也の腕が小さな身体を拘束して放さない。膝にのせられて、「いい子にしていたらおやつをあげるよ」と、おとなしくさせられた。

プラチナブロンドが、ふわふわのさらさらになって、さらに艶《つや》を増す。雪之丞の愛らしさに、爵也は満足げに目に細めた。

「まぁ！　綺麗になったわねぇ。今度は虎猫さんなのね！」

サチが微笑まし気に笑う。

白い洋服は洗濯機に放り込んで、代わりに着せられたのは、形はほとんど同じながら、模様が虎猫の幼児服だった。

雪之丞を片腕に抱いたまま、爵也は診察室に入った。その様子を見ていた患者の飼い主たちの間に、ざわ……っと波紋が広がる。

「先生、その子は……」

誰かが恐る恐る口にした問いかけに、爵也は答えないまま意味深な笑みを残して診察室に消えた。

「隠し子発覚！　なーんちゃって！」

サチが茶目っ気たっぷりに発した冗談は、冗談として受け取られなかった。

「えぇ……っ！」

待合室の、主に女性たちが発した悲鳴。病院は予約制だから、それほどの人数ではなかったものの、噂《うわさ》を広められるには充分すぎる人数だった。

「爵也、なんだか騒がしいよ」

待合室から聞こえる悲鳴は、雪之丞の耳にも届いた。猫又になっても、猫の特性は消えていない。猫は、犬にも負けない聴力の持ち主だ。

「気にしなくていいよ」

整った容貌に間近でニコリと微笑まれて、雪之丞の小さな胸がトクンッと鳴った。

やさしい手が心地好くて、無意識に二本の尾が揺れる。

「午後の診察が終わったら、美味《おい》しいものを食べに行こう」

「おいしいもの!?　缶詰!?」

おじいさんは、雪之丞がいい子にしていると、とっておきの缶詰を開けてくれた。

「もっといいものだよ」

だから診察が終わるまで、縁側でジャンガリアンハムスターたちと遊んで待っているようにと言われる。

診察室の奥の窓を開け放っていると、縁側がよく見えるから、患者を連れた飼い主の女性たちが、雪之丞を気にしつつも、爵也に直接問えないでいる様子がうかがえた。

「先生、なに考えてんだ」

錫が腕組みをして唸る。

「おいしいものってなんだろうねぇ、いいなぁ……」

絹がぱんぱんに膨らんだほっぺたをもごもごさせながら言う。

その二匹は、爵也が雪之丞のためにと、待合室の書棚から選んでくれた絵本の上にいた。

文字は少なく、単純な絵柄で話が進んでいく絵本だ。

開いたページをめくれなくて、錫を退かせようと、雪之丞が手を伸ばす。その手からするりと逃げて、錫は腕をするすると伝い、肩によじ登ってきた。絹は投げ出した雪之丞の足元にボールのように転がっている。

「女避けか……なるほどな」

「おんなよけ？」

それなぁに？　と、小首を傾げる雪之丞に、「役立たずのおまえでも一応役に立ってるってことだ」と、錫は容赦ない。

「役立たず……」

「気にするな。おまえごときにやられる花じゃない。明日にも復活するさ」

花壇には、サチが植え直してくれた花の苗。今は首を項垂れている。

「そうなの？」

雪之丞がパァッと表情を明るくすると、「おまえ本当に猫又か？」と呆れられた。

「長く生きてるくせに何もしらないんだな」

「うーん……猫又になるときに、大事なこと以外、いろいろと零れ落ちちゃったのかも」

「大事なこと？」

「うん、大事なこと」

なんだ？　と錫がつぶらな瞳で覗きこんでくる。

「錫、絹、また脱走したな」

診察室から声がかかって、小さな軀がビクリ！　と震え、グレーの毛並みが途端、真ん丸になった。

電子カルテに書き込みながら、爵也が言う。こちらを見ていなくても、全部お見通しの顔だ。

「だって、ケージのなか、つまんないもん」

「もん！」

末尾だけを絹が真似する。

いくら爵也が動物の言葉を理解するといっても、病院の敷地に忍び込んでくる野良猫たちの本能まで管理することは不可能だ。ジャンガリアンハムスターの兄弟が野良猫の餌食《えじき》にならないようにと、爵也はケージの中にいるようにといつも注意するのだ。でも錫と絹は、ケージの外の楽しさを知ってしまっている。

「ボクが一緒だから、大丈夫だよ」

雪之丞が足元で転がる絹を掌に掬《すく》い上げて言った。

「錫と絹をいじめるやつがきたら、おっぱらってあげる」

「チビ猫又のクセに生意気な！」

肩の上で、錫が跳ねる。猫耳つきのフードの中に潜り込んできて、くるくると駆けまわる。

「くすぐったいよぉ」

雪之丞が悲鳴を上げると、満足した錫がフードから出てきて、頭のてっぺんへ。

カルテを書き終えて、爵也が腰を上げた。

「猫はネズミを狩るものなんだが」

爵也の呆れた声が間近に降ってきた。傍らに片膝をついた爵也に、ジャンガリアン兄弟ごと抱き上げられる。そして、くしゃっとなった髪とフードを整えてくれた。

錫の小さな頭を指先で撫でて諌める。絹がボクも！　というように鼻先を上げた。

「どうなさいました？」

やりとりを聞きつけて、サチが顔を覗かせる。ジャンガリアン兄弟とじゃれる雪之丞を見て「仲良しさんねぇ」と笑った。

「今日の予約は終わりです。閉めるなら今ですよ」

診察中の札を出したままにしておくといつまでも病院を閉められないと言う。

「そうしてください」

サチの勤務時間も考慮して、爵也はいつも時間どおりに病院を閉める。緊急時にはその都度対応するから問題はない。

「お夕食、なにかつくりましょうか？」

「いや、外で食べるからいいよ。お疲れさま」

サチにとっては爵也も孫のようなものなのだろう。そしてそれを、爵也も受け入れている。

「じゃあお先に。ユキちゃん、いい子でね」

「はぁい」

小さな手を振ると、サチは微笑まし気に振り返して、看護服のまま自転車のキーを手に帰って行った。

「さ、おまえたちはケージに戻りなさい」

不服気な顔の錫と絹には、ひまわりの種をたっぷりと。すぐに飛びつくのは絹だけだ。錫は食べる量を把握している。

「いい子にしてたから、約束どおり美味しいものを食べに行こう」

「おいしいもの！」

雪之丞の耳がぴんっ！　と反応する。猫耳つきのフードの下で。二本の尾は饒舌《じょうぜつ》に感情を表現して、ご機嫌に揺れている。

白衣を脱いでジャケットを羽織った爵也に抱き上げられて、病院を出る。

どこへ向かうのかと思ったら、商店街へと足を向けた。

片腕に幼子を抱いた爵也に気づいた商店主や買い物客が、ぎょっとした顔で振り返る。

「鑑先生？　……え？」

「あの子どもって……」

爵也を知る人々が何に驚いているのかといえば、もちろん雪之丞の存在だ。

イケメンで知られる腕利き獣医が、そして独身のはずのご近所のアイドルが、幼子を連れていれば誰だって驚く。

しかも、プラチナブロンドに金碧の瞳の、それはそれは愛らしい子どもとくれば、注目を集めないわけがない。

猫耳つきのフードをかぶり、小さな手で爵也のジャケットの襟元にきゅっと摑まっている。

長い睫毛に縁取られた大きな瞳にぷっくりとした唇、やわらかそうな頰に白い肌。まるでビスクドールのような愛らしさは、母親はさぞ美人だろうと、下世話な想像を掻《か》き立てる。そして、その美人だろう母親と爵也の関係は？　と……。

「若先生、ずいぶんと可愛らしい子をお連れじゃないですか」

爵也に声をかけた勇者は、和菓子屋の大女将《おおおかみ》だった。

「ああ、女将さん。先日はお饅頭をありがとうございました」

美味しくいただきました、と爵也が頭を下げる。

「ユキ、お菓子をいただこうか」

「お菓子!?」

爵也に促されて店頭に視線を向けると、おいしそうな和菓子がたくさん並んでいた。

「お饅頭がいいか、お煎餅《せんべい》がいいか……お団子もあるぞ」

「お団子！　餡子《あんこ》の！」

草餅《くさもち》にこしあんがまぶされた串団子をみつけて、指さす。

「餡団子を一本いただけますか」

爵也が大女将に頼んでくれる。

「ユキちゃんっていうの？　はい、どうぞ」

大女将は、ここぞとばかりに雪之丞を間近に観察しながら、一本の串団子を持たせてくれた。

「ありがとう！」

はきはきと礼を言う雪之丞に、「えらいわねぇ」と微笑んで、財布を出そうとする爵也には、「水臭いですねぇ、お代なんていいですよ！」と肩を叩く。

「ありがとうございます」

礼を言って、店を離れる。

お団子を頬張った雪之丞は、「おいしい！」と声をあげた。

「それはよかった」

「爵也は？　食べる？」

食べかけの団子の串を口元に差し出す。「私はいいから、お食べ」と、全部食べていいと言う。

「爵也、なんだか楽しそう」

「そうかい？」

雪之丞の口の周りについた餡子を、指先で拭ってくれながら言う。

「これで今夜中にも、噂が広まるだろうと思って」

「うわさ？」

「ユキは何も考えなくていいんだよ」

ハンカチで雪之丞の口の周りを拭いて、危ないからと団子の串を爵也が引き取る。

「はい、着いたよ」

爵也が雪之丞を下ろしたのは、木製の看板の下がった、レトロな煉瓦《レンガ》造りの店の前だった。

「いらっしゃいませ！」

ドアのガラスを通して来客が見えたのだろう、「若先生お久しぶり！」と、ドアを開けてくれたのは、高いコック帽をかぶったシェフだった。

その姿を目にしただけで、雪之丞は目を輝かせる。おじいさんとおばあさんと暮らした田舎では、こんな恰好の人間は見たことがない。

「ははあ？　この子が」

爵也と変わらない年齢のシェフが雪之丞に視線を落とし、顎《あご》に手を当ててニヤニヤと笑う。「もうすでに噂が届いてますよ」と言われて、爵也は「それはいいことだ」とほくそ笑んだ。

何がいいことなのか、雪之丞にはよくわからないけれど、爵也が楽しそうなのは間違いない。

「お子様ランチとビーフシチューを」

「かしこまりました」

窓際の席に通されて、向き合うのではなく隣り合って座る。小さな雪之丞のためにベビーチェアを用意してくれたのは、エプロン姿の女性だった。ホールを担当しているシェフの夫人だという。

「何か飲まれますか？」

「私は赤ワインを。ユキには何か甘いジュースをいただけますか」

「沖縄《おきなわ》産のパイナップルジュースが入荷してますよ。丸ごと搾《しぼ》っていて、とても美味しいんです」

「じゃあ、それを」

ほどなくして、鮮やかな黄色の液体を満たしたグラスと、空のグラスとボトルがテーブルに運ばれてくる。

黄色い液体にはストローが添えられていて、爵也が紙の包装を破ってグラスに挿《さ》してくれた。これが、パイナップルジュースというものらしい。

爵也がボトルを傾けると、赤い液体がグラスに満たされる。とても綺麗な色だった。

「それはなぁに？」

「赤ワインだよ。アルコールだから、ユキにはあげられないけどね」

そのかわりにパイナップルジュースだという。

待ての姿勢でグラスをじっと見ていたら、「飲んでいいよ」と爵也が長いストローを飲みやすい角度に曲げてくれた。

「雪之丞の飼い主さんは、とてもしっかりとした躾をされていたんだね」と呟く。

「……？　しつけ？　ボク、お手もできるよ！」

雪之丞が身を乗り出すと、爵也の大きな手がそっと肩に添えられる。

「それはあとにしよう」

ジュースをどうぞ、と言われて、ストローに恐る恐る口をつけた。吸ってみると、黄色い液体が上がってくる。びっくりして口を離すより早く、口の中に甘い液体が飛び込んできた。

「……っ！　おいしい！」

甘くて、さわやかで、はじめて口にする味だった。

「気に入った？」

「うん！」

そこへ、湯気を立てる大きなプレートが運ばれてくる。雪之丞の前に置かれたのは、仕切りの付いた丸い皿だった。

大きな皿の上にさらに小さな器が並べられていて、そこに色とりどりの料理が盛られている。

爵也の前には、茶色いスープのようなものが置かれた。

どれもこれも、雪之丞は目にしたことのないものばかりだった。

真ん中には黄色いお山があって、旗が立っている。その隣には、赤いお蕎麦《そば》のようなもの。奥には丸いお団子のようなものもある。それからお野菜と、ガラスの器に盛られたものは知っている、プリンだ！

「当店自慢のとろとろオムライスと昔懐かしナポリタン、特製のデミグラスハンバーグに温野菜サラダ、デザートは手作りの焼きプリンです」

シェフが皿に並んだ料理の説明をしてくれるけれど、雪之丞にはチンプンカンプンだった。

爵也が、雪之丞の右手にフォークを握らせてくれる。スプーンは自分がとって、オムライスという黄色い山をさっくりと割った。中から赤いご飯が出てきて驚く。

「はい、あーん」

「あーん」

スプーンに掬った赤いご飯を、爵也が口に運んでくれる。

「……！　おいしい！」

ご飯が甘くて、黄色いふわふわのと一緒に食べると、とっても美味しい！

握ったフォークを、隣の赤いお蕎麦に刺してみる。

こちらも甘い匂いがしてとても美味しそうだ。

「こうするんだよ」と、爵也がフォークを回して、赤いお蕎麦を巻きつけてくれた。

ぐるぐるとフォークに巻かれた赤いお蕎麦ならぬナポリタンを、めいっぱい大きな口を開けて頬張る。

「……っ!!」

今度は衝撃が走った。雪之丞は金碧の瞳を零れおちんばかりに見開く。

頬張ったナポリタンを咀嚼して、「おいしい〜〜〜っ！」と感動に震えた。

もちもちの太麺とソーセージと玉ねぎの甘さが絶妙だ。

教えてもらったとおりにフォークにナポリタンを巻きつけて、また大きなひと口を頬張る。

二口めも変わらず、感動の美味しさだった。

でも、添え物のナポリタンは大きな二口でほとんどなくなってしまった。

雪之丞が、耳付きフードの下の本当の耳をしょんぼりと伏せると、それに気づいた爵也が、片手を上げてホール係の夫人を呼ぶ。

「ナポリタンを単品でいただけますか」

夫人は雪之丞に視線を落として、微笑まし気に口許をゆるめたあと、「ハーフサイズもできますよ」と提案を寄越した。爵也は「普通サイズで」とオーダーを入れながら雪之丞の頭を撫でる。

「食べきれなかったら、お持ち帰り用に包みますね」と、夫人はオーダーをとおす。

だが、夫人の心配はまったく無用だった。

大きな皿で届けられたナポリタンは、雪之丞にとっては宝の山だった。

自分の前に置かれた皿を見て、全部食べていいのかと爵也をうかがうと、「お腹を壊さないように」と頷いてくれる。

「いいの？」

「うん！」

フォークを握りしめ、ナポリタンの山を崩しにかかる。いっぱい巻きつけて、大きな口で頬張った。美味しくて美味しくて、天にも昇る気持ちとはまさしくこのこと。

口の周りをケチャップだらけにして、ナポリタンを頬張る。最初はその都度、雪之丞の口を拭いてくれた爵也も、何度か繰り返したのち諦めて、自分もフォークとナイフを手に取る。

この店のビーフシチューは、やわらかく煮込まれた塊肉が特徴で、そこに美しくカットされた蒸し野菜が添えられているタイプだ。ガーリックトーストにされた薄切りのバゲットが添えられている。

それをワインのあてに、爵也はナポリタンを頬張る雪之丞を愉快そうに眺める。

美味しそうに食べる姿は、見る者を幸せにするものだ。

気づけば店の客の視線をも集めて、雪之丞は一人前のナポリタンを見る間に平らげてしまった。それから、お子様ランチのオムライスをスプーンに掬って頬張り、フォークに刺したハンバーグにかぶりつく。

はじめての洋食を、雪之丞は夢中で食べた。

「そんなに慌てて食べなくても、誰も取らないよ」

ゆっくりと噛《か》んで食べなさいと言われても、美味しいから止まらない。

ハンバーグを一口で頬張ったら、さすがに喉に詰まった。

「……っ！　～～～っ」

「大丈夫か？」

言わんこっちゃない……と背をさすってくれながら、爵也はパイナップルジュースのストローを口許に運んでくれる。甘いジュースで喉のつかえを流して、どうにかほっと息をついた。

そして最後のおたのしみ、プリンのスプーンを手に取った。スプーンの柄を握る雪之丞の手をとって、爵也が正しい持ち方を教えてくれる。けれど、雪之丞の小さな手では、まだうまく持てない。

卵をたっぷりと使った焼きプリンは濃厚な味だった。ナポリタンは大好物になったけれど、プリンも捨てがたい。

こちらもものの数口で胃に納めて、雪之丞は満面の笑みを爵也に向けた。

「おいしかったぁ」

パイナップルジュースも飲み干して、ぱんぱんになったお腹をさする。

「お腹いっぱいなったかな？」

「うん！」

新しいおしぼりで、爵也が口の周りについたケチャップの汚れを綺麗に拭ってくれた。それから紅葉《もみじ》のような両手も。

幼子に甲斐甲斐《かいがい》しく世話を焼く爵也の姿が、彼を知る街の人の目には珍しく映るのだろう、注目を浴びている。そしてそれ以上に、眼福な光景に違いない。

「可愛い子にサービスです」

シェフが厨房から出てきて、雪之丞の前に丸い白皿を置く。

皿の上にガラス製の器。柄の長い専用スプーン。三色のアイスクリームの上に生クリームやフルーツなどを飾ったミニパフェは、雪之丞のために特別につくられたものだった。生クリームのてっぺんに、ミントの葉が飾られている。

「わあ……！」

きれい！　と雪之丞が金碧の目を輝かせると、シェフは満足げに微笑んだ。

「食べていいの？」

爵也とシェフの顔を交互に見やって確認する。

「お腹を壊しても知らないぞ」

まだ入るのか？　と、爵也が呆れた様子で笑う。

「へいきだもん！」

長いスプーンを握って、まずは生クリームを掬った。

甘くて美味しくて、雪之丞は短い手足をじたじたさせる。

全身で美味しさを表現する幼子の様子に、シェフがクスクスと笑う。そして、問題発言をした。

「誰に似たら、こんなに素直な可愛い子が生まれるんですか？」

「私には似てないかい？」

「まったく！」

プラチナブロントに金碧の瞳をした雪之丞と爵也はまるで似ていないはずなのだが、双方の容貌が整っているがゆえに、血の繋がりを感じさせてしまう。

シェフはあえて逆の言葉で、真相を引き出そうとしているのだ。――が、そんな誘導にのる爵也ではない。

「それは聞き捨てならないな」などと意味深に呟くものの、それだけ。雪之丞の素性には絶対に触れない。

「爵也、たのしそう！」

雪之丞は何度目か、同じことを言った。

「ユキと一緒だからね」

爵也はまた周囲に波紋を投げかけるばかりのことを言って、笑顔の大盤振る舞い。

「若先生ステキ～」と囁《ささや》く声が店のどこかから聞こえたが、まるで気にするそぶりもない。

「爵也とコックさん、なかよし？」と雪之丞がたずねると、シェフは「小中学校の後輩なんだよ」と教えてくれた。

「パパのこと、名前で呼ぶのか？」と苦笑されて「パパ？」と小首を傾げる。

「それ以上の詮索はなしで頼むよ、シェフ」

「じゃあ次回は、プラチナブロンド美女同伴でお待ちしています」

シェフの返しに、爵也は愉快そうに笑って応えた。

爵也とシェフのやりとりは、雪之丞にはよく理解できなかったけれど、でも美味しいナポリタンをつくってくれるシェフのことは大好きになった。もちろん、爵也の次……爵也とおじいさんとおばあさんとジャンガリアンの錫と絹とサチさんの次くらいに、だ。

大好きな人と一緒に食べるご飯がとっても美味しいことも思いだした。おじいさんとおばあさんが、餌を頬張る小さな雪之丞の頭を撫でてくれた日の記憶が蘇《よみがえ》った。

3

朝から、病院の電話がひっきりなしに鳴って、錫曰く、待合室は常以上に混雑しているらしい。

「どうしたの？」

流行り病とか？　と、その昔おじいさんが口にしていた言葉を思い出して問う。

「アホか。おまえのせいだろっ」

「ボク？」

まるでわからないといった顔で雪之丞が大きな瞳を瞬くと、錫はやれやれといった様子で腕組みをした。その隣で絹は、今日も頰袋をひまわりの種でいっぱいに膨らませている。

「先生がおまえを連れ歩いたりするから、妙な噂が広まるんだ」

そのせいで予約の電話が鳴りっぱなしなのだと錫が呆れた顔で言う。

「うわさ？」

雪之丞がまたも首を傾げると、錫は「もういい」と面倒くさそうに説明を投げた。

「まったくどいつもこいつも、いい歳して色目使いやがって」

ペットを出汁《だし》に獣医に通ったところで爵也と不倫ができるわけがないのに、と錫が冷ややかに診察室を見やる。

今、爵也の診察を受けているのは、トイプードルのベティ。飼い主は、錫が嫌そうに「おかしい」と表現していた中年女性だ。

『先生、ごめんね。ママ、疲れてるんだ。パパが帰ってこないから』

ベティが爵也に謝っている。飼い主には、ただ「くぅん」と鳴いているようにしか聞こえていないはずだ。

ベティがいうママというのは飼い主の女性のことで、パパというのは飼い主の夫のことだろう。病院に通うために利用しているだけのペットが、自分のことをこれほど案じているなんて、この飼い主は考えもしないに違いない。

爵也はベティの頭をやさしく撫でて「大丈夫だよ」と微笑む。ベティは少し安堵した様子を見せたものの、悲しそうにつぶらな瞳を上げた。

「ベティの目を見て、言葉をかけてあげてください」

飼い主がどうあれ、爵也が動物を見捨てることはない。

愛犬を動物病院に連れてきているというのに、健康状態について訴えるでもなく、飼い主の女性はただ暗い目を爵也に向けるばかりで、ほとんど口を開くことなく診察室をあとにした。

次いで診察室に現れたのは、派手な恰好の若い女性だった。

ミニスカートから生足が覗いている。自慢の脚線美なのだろうが、爵也がわずかでも視線を向けることはない。

「先生！　あの噂、本当!?」

ペットを獣医に診せもせず、違う話をはじめる。どうやらこちらも仮病のクチらしい。

「噂？　何の話です？　アリスちゃん、久しぶりだね」

女性の話をサラリと右から左に聞き流して、爵也は女性が持ち込んだキャリーバッグのなかに意識を向ける。

なかから出てきたのは、モフモフのウサギだった。イングリッシュロップという、翼のように大きな垂れた耳が特徴の、小型の品種だ。

鼻をひくひくさせて、「先生こんにちは」とあいさつをする。「あたし、病気？」と、自分がこの場に連れてこられた理由を理解していないようだった。当然だ。どこも悪くないのだから。

爵也は今度もまた、「大丈夫だよ」とウサギの小さな頭を撫でて落ち着かせる。長い耳をめくって体調をチェックし、「ちゃんと世話をされてますね」と頷いた。動物の体調は、耳や鼻などに出やすいのだ。

「先生に隠し子って、本当？」

「どこからそんな話を？」

「みんな知ってるわ！　昨日、ミソノでお子様ランチ食べてた、って！」

ミソノというのは、昨日爵也が雪之丞を連れて行ってくれたレストランの名前だ。

「私はビーフシチューをいただきましたよ」

適当に返す爵也に焦《じ》れた女性が、

「プラチナブロンドのすっごい可愛い子連れてた、って！」

聞いたの！　と、爵也の腕をとってすり寄る。爵也がやんわりと制するものの、女性には遠慮も駆け引きもなかった。ストレートに行動に表す。

「てことは、相手外国人？　どこで知り合ったの？」

爵也の白衣を引っ張って、胸元に身を寄せる。ドアの隙間から錫と絹と一緒に診察室内の様子をうかがっていた雪之丞は、驚いて目を瞠《みは》った。

——やだっ。

爵也を盗られたような気持ちにかられて、雪之丞は大きな瞳を潤《うる》ませる。

爵也に色目を使う飼い主は多くても、この女性のように大胆に抱き着くような飼い主はいなかった。

それゆえ、世間知らずな雪之丞にとっては計り知れない衝撃だったのだ。

「やだっ、離れて——」

飛び出そうとした雪之丞を、錫が叩《たた》いて止める。

「バカっ、おまえが今出てったら、余計にややこしく——」

だが、小さな手でぺちっとやられた程度では、雪之丞を落ち着かせることなど不可能だった。

「爵也にさわるなっ！」

小さな雪之丞のプラチナブロンドがふわり……と光を纏って揺れる。淡い光に包まれたかと思ったら、雪之丞は人間の青年の姿に変化していた。猫耳も二股に割れた尻尾もついていない。

怪我を負ったときに使ってしまった妖力が戻ったのだ。

猫としてそれなりの年月を生きたあと、雪之丞は猫又になった。本来は充分に大人なのだ。

プラチナブロンドに長い睫毛に彩られた金碧妖眼、紅をはいたかのような艶っぽい唇、抜けるような白い肌にスレンダーな体軀《たいく》、長い手足。

フード付きのトップスに長い脚の美しさを強調するホットパンツには、たしかに幼児の雪之丞が着ていたものの名残り。

中性的な美しさは、知るものが見ればたしかに妖《あやかし》ゆえの完璧すぎる美なのだが、知らないものの目には、モデルか芸能人あたりに映ることだろう。

「あ、夜中に忍び込んできたやつだぁ」

絹がぱんぱんに膨らんだほっぺたをもごもごさせながら言う。

「だから、あれが雪之丞なんだって、最初のときに言っててんだろっ」

キレる錫に、絹は「そうだっけぇ？」と惚《とぼ》けた返答を返した。

そんな力の抜けそうなジャンガリアン兄弟のやりとりも、今の雪之丞の耳には届かない。

ノックもせず、診察室のドアを開ける。錫が「どうなってもしらねぇぞ」と小さく毒づいた。

「爵也」

何気なく顔を向けた女性の目が、見る見る見開かれた。

「……え？」

マスカラと濃いアイラインで強調された目を瞬いて、目の前にある光景を理解しようと努める。

「爵也から離れてよ」

少しハスキーな艶のある声。中性的なそれは、女性と勘違いされてもおかしくはない。

ホットパンツからすらりと伸びる白い足。

ノーメイクでありながら、くっきりとアイラインに縁取られた零れ落ちそうに大きな猫目。整った鼻梁《びりょう》。白い肌。非の打ち所のない美貌だ。

これまでの人生、自分は勝ち組だと信じて疑わなかったであろう女性に、決定的な敗北感を植えつける。

そんな美女――と、女性は誤解した――が、狙っているイケメン獣医の所有権を主張している。彼女的に、ゆゆしき問題だった。

「プラチナブロンド……」

呟いた女性がハッとなる。

「まさか、あの子どもの……？」

女性が何に驚愕しているかなんて、雪之丞にはどうでもいいことだ。

「だめっ」

女性を押しのけて、自分が爵也の腕をとる。そして、女性から引き離すように、爵也の身体をぐいぐい押した。

「こら、仕事中だ」

邪魔をするなと叱《しか》られて、雪之丞は口を尖らせる。

「だって……」

爵也は青年姿に変化した雪之丞に驚くでもなく、いつもどおり。

「あとで遊んでやる。いい子で待っていなさい」

仔猫にかける言葉としては妥当なものだが、今の雪之丞相手となると、ずいぶんと意味合いが違ってくる。

「ヤだ」

猫らしいワガママを言って、自分を構えと駄々を捏ねる。だが爵也は取り合わない。

「私の言うことが聞けないか？」

目を細められて、雪之丞はビクンッと肩を揺らした。

「……はい」

大きな瞳を潤ませて、ワガママを言ってごめんなさいと爵也を見上げる。

間近でふたりのやりとりを聞かされる羽目に陥った女性は、奇妙な動揺と高揚と気恥ずかしさに駆られて、口許を引き攣《つ》らせる。

診察台の上で、ウサギのアリスが、ただならぬ気配を感じるのか、青い顔で爵也を見上げていた。

「アリスどうした？　ちょっと顔色が悪いかな？」

薄茶色の毛並みのウサギ相手に顔色もなにもないが、爵也にはわかる。雪之丞に怯える必要はないと教えるように、爵也が小さな頭を撫でると、アリスはようやく安堵の表情を見せた。

だが、飼い主はそうはいかない。

完璧な美貌の主に睨まれて、完全に舞い上がっている。

「い、いえっ、全然平気ですっ」

ねぇ、アリス！　と強引に愛兎を抱き上げ、診察室に背を向ける。

アリスはまだこの場に居たい様子を見せたが、飼い主にそれは伝わらなかった。

「お邪魔しましたっ」と、医者にかけるものではない言葉を残して、早々に支払いを済ませ、帰ってしまう。

午前中の予約は彼女で最後だったようで、ヒールの音が消えたあと、サチはドアに「休診中」の札を出した。

そして、くるっと振り向いて、爵也の腕に体重をあずける雪之丞に言葉を向ける。

「まぁまぁ、なんですか！　若い娘がはしたない恰好で！　こっちにいらっしゃい！」

「……え？」

「若先生にはあとでお話がございます！」と言い置いて、雪之丞を爵也から引き離し、奥の部屋へ。

そして、そもそもは小さいユキが着ていたもこもこパーカーとホットパンツを強引に脱がせて、どこから引っ張り出してきたものなのか、浴衣を着つける。

「奥様が亡くなられてから鑑家は男所帯なものですから、こんなものしかありませんけど……はい、できましたよ」

帯を結んで、出来栄えに満足の笑み。

「髪も結いましょうかね。まぁまぁ、なんて綺麗な御髪」

雪之丞のプラチナブロンドを簡単に結い上げて、今一度満足げに頷いた。

「さ、いいですよ」

診察室に戻ると、カルテの整理を終えた爵也が、腰を上げたところだった。

「若先生！　野暮は申しませんが、責任だけはきっちりとお取りくださいね！」

無責任な男に育てた覚えはございませんよ！　と、ふくよかな手で爵也の背中を叩く。

「責任、ねぇ……」

自分がいったい何の責任をとらされるのか、と言いたげに爵也が腕組みをする。そして、青年姿の雪之丞を改めて見やった。

「いかがです？　いい出来でしょう？」

こんな美女、そうそういやしませんよ！　とサチは自慢げだが、爵也の感想は違っていた。

「なんというか……いかがわしい店のようにしか見えないが……」

薄っぺらい胸を隠す着物姿だと、雪之丞の中性的な美しさが際立つ。それゆえ余計に、なにがしかのプレイに見えなくもない。

「何かおっしゃいましたか？」

サチに睨まれて、

「いえ、なにも」

爵也が肩を竦《すく》める。

サチは「お昼にしましょうかね」と、鑑家の母屋に向かった。三人分の昼食を用意するためだ。

ひとり残されて、雪之丞は所在無く佇む。

——叱られない？

爵也はこの姿を気に入ってくれたのだろうか。

妖力を使い果たした、いわゆる省エネスタイルの幼児姿より、本来の雪之丞を気に入ってくれた？

庇護を必要とする仔猫又じゃなくても、成猫の猫又でも、病院に置いてもらえる？

爵也の視線を全身に感じて、雪之丞はおずおずと顔を上げる。

「ごめんなさい、ボク……」

仕事の邪魔をするつもりはなかった。でも、アリスの飼い主が爵也にベタベタするのが、なんだかとても不快だったのだ。

「それが本当の姿か……」

訊かれて、コクリと頷く。

可愛いって言ってくれるかな……と期待した雪之丞の耳に届いたのは、思いがけない呟きだった。

「つまらん」

腕組みをしてマジマジと雪之丞を見やった爵也が言ったのだ。

「……え？」

完璧な美貌の猫又妖怪に対して、驚きを見せるでも興味をそそられるでもなく、「つまらない」と一刀両断。

「……爵也？」

何を言われたのか咄嗟に理解できなくて、長い睫毛を瞬く。その奥で金と碧の瞳が爵也を映して揺れた。

「私は獣医だ。小さくて庇護を必要とする弱い者にしか興味がない」

言い捨てて、背を向けてしまう。

「爵也……？」

怪我が治って、元の姿に戻ったボクに興味はないってこと？　もうやさしくしてくれないの？

「……え？　爵也？　どうして……」

「……」

振り向いてもくれない。

もう出て行け、ってこと？

ここに居るのも許されないの？

「……っ」

サチに着つけてもらった浴衣の胸元をぎゅっと握りしめ、唇を噛む。

爵也の背中を懸命に見つめるものの、言葉はなくて、雪之丞は逃げるようにその場に背を向けた。

病院を飛び出す直前に、猫姿に変化する。閉まったままの自動ドアをすり抜けた。

「ふみゃん！」

悲痛な鳴き声に、ようやく爵也が顔を向ける。だがそのときには、とうに雪之丞の姿はなかった。

「ユキ……？」

ケージを抜け出した錫と絹が、転がるようにやってきて、爵也の足元で小さな軀を懸命に伸ばす。

「いいのかよっ」

「いいの？　いいの？」

爵也はふむ……と、頤《おとがい》をさすった。予想した反応と違ったのだ。

「泣き顔が見られないのでは、苛《いじ》め甲斐がないではないか」

大泣きしてすがりついてくると思ったのに。そうしたら、うんと可愛がってやるつもりだったのに。

「その性格なんとかしろっ」

錫が爵也の足の甲の上で跳ねる。痛くはないが、責めているのはわかる。

絹は「そういうの、サドっていうんだよね」と、ひまわりの種をいっぱい詰め込んだ頬袋をもごもごさせながら、またも無駄な知識を披露した。

病院を飛び出したはいいが、行く宛もなくて、雪之丞は近くの公園のベンチにいた。

お陽様はぽかぽかと温かく、公園は長閑《のどか》な空気に満ちている。

けれど、雪之丞の内心は大嵐だった。いや、嵐に流されたあと、と言ったほうがいいかもしれない。

しゅうんっと耳を伏せ、尻尾を巻いて、ベンチの上で項垂れる。

すると、植え込みの陰でガサガサっと物音がした。何者かの気配。

「誰？」

ぺしゃんっと伏せていた耳をぴんっと立てて、音を聞き分ける。

気づけば、気配はひとつではなかった。複数……いや、たくさん。囲まれている。

のっそり……と植え込みの陰から現れる何者か……野良猫だった。

同族――と言っていいのか不明だが――とわかって、雪之丞は警戒を解く。だが相手は、友好的な程度に変わってはくれなかった。

「こいつだ！」

違う角度から少し高めの声がした。声の主を追うと、前傾姿勢をとるキジトラ模様のまだ幼い牡猫。

「私もみたわ！」

「ぼくも！」

三毛猫やブチ猫……さまざまな毛色の野良猫たちが姿を現す。なかには首輪をしている飼い猫と思しき者も……。

「おまえが先生を独占してるからいけないんだ……！」

茶虎の大柄な一匹が、さも忌々《いまいま》し気に言う。

「……え？」

雪之丞は、向けられる敵意に困惑した。

「みんなの先生なのに！」

「ぼくたちの言葉をわかってくれる唯一の人間なのに……！」

雪之丞が病院に居ついたせいで、爵也が話を聞いてくれる時間が減ったと訴えているのだ。はじめて病院に忍び込んだ夜に見た光景を思い出した。

爵也は、近所の野良猫や飼い猫たちの話に根気よく耳を傾けていた。ときに頷き微笑みかけ、ときに助言をし……飼い主や世話をしてくれる人間とのコミュニケーションに悩む猫たちに、救いの手を差し伸べていた。

その時間を雪之丞が奪ったと、みんな怒っている。

「独占なんて、そんな……」

爵也に背を向けられたばかりで、同族の猫たちに敵意を向けられ、雪之丞は泣きたくなった。

大好きだったおじいさんを亡くしてひとりぼっちになって、行き場を失くして、ようやく爵也を探し当てたのに。

「ボクはお礼がしたかっただけで……」

おばあさんとの約束を守れなくても、猫又になってまで長生きしようなんて欲を出さずに、おじいさんに看取《みと》られて、猫としての生を終わらせたほうが良かったのだろうか。

でも雪之丞にとっては、おばあさんとの約束は何を賭《と》しても守るべき大切なものだったし、あのときのおじいさんをひとり遺して逝くことなんてできなかった。

猫又になる以外に、選択肢がなかった。

猫又になったら、妖力を得たら、できることがあると思ったのに、自分は何もできないで、結局居場所もない。

「おまえ猫又なんだろ？　どっかの神社にでも住み着けばいいじゃないかっ」

人間と暮らす必要などないではないかと威嚇《いかく》される。

「ボクはたいした力もない妖怪だよ。神様じゃない」

妖と神と両方の顔を持つ狐《きつね》とは違う。この国には猫を祀《まつ》る場所もあると聞くけれど、猫又になっていかほども経《た》たない雪之丞に神通力はない。

「ごめんなさい。そんなつもりはなかったんだ……」

おじいさんを亡くしてひとりぼっちになったとき、思い浮かんだ顔は爵也だけだった。爵也なら、話を聞いてくれると思った。猫又の自分でも、傍に置いてくれるのではないかと期待した。

おじいさんとおばあさんのところへ逝けばよかった。

先に逝《い》って、おばあさんとふたり、少し遅れてくるおじいさんを待てばよかった。

「ごめんなさい……」

人間世界の片隅にすら、居場所がない。

耳を伏せ、二股尾を落として、周囲を囲む猫たちに詫びる。

ベンチを降り、とぼとぼとその場をあとにした。

雪之丞が食ってかかってくると思っていたのだろう、肩透かしを食らった顔で、囲んでいた猫たちが道を開ける。

毒気を抜かれたのか、一番の威嚇を向けていたキジトラの牡猫が、「お、おい……?」と戸惑《とまど》った様子で二、三歩追いかけてきたが、すぐに足を止めた。

公園を出て、宛もなく歩く。

どこへ行ったらいいんだろう。存在価値をなくしたら、そのうち消えることができるのだろうか。

それとも、いずれ人間を怨む化け猫になるまで、ずっとずっとひとりぼっちでいなければならないのだろうか。そんなのは嫌だ。

人間を怨みたくない。同族を怨みたくない。

誰もうらやみたくない。

おじいさんとおばあさんと過ごした時間は幸せだったし、爵也もサチもシェフもやさしかった。

雪之丞は人間が好きだ。動物も好きだ。錫はすぐに憎まれ口を利くけれど本当はやさしいし、絹は賢くて可愛い。病院を訪れる動物たちは皆、飼い主が大好きで、飼い主を案じている。そして飼い主たちも、人間特有の身勝手さはあるものの、動物を愛していることに間違いはない。

波風を立てないためには、自分が消えるのが一番なのだ。

爵也に、ちゃんとお礼ができなかったのが心残りだけれど、自分が消えることで礼のかわりになればいい。

夢中で爵也の気配を追ってきたから、自分がどの方角からこの街に辿り着いたのかも、もはやわからなかった。

山の匂いを探して、そちらに足を向けることにする。山に入れば、人間の邪魔にはならないだろう。人間の傍で暮らす猫たちと顔を合わせることもない。

歩いているうちに、視界が歪《ゆが》みはじめた。ぼやけて、前がよく見えない。

「……ふっ、う……っ」

ボロボロと零れた涙の滴が、足元にぽたぽたと痕《あと》をつける。

銀色の髭《ひげ》を伝い、白銀の毛を濡らした。

通りを往きすぎる人は多いのに、誰も猫又の雪之丞に気づかない。おじいさんが死んだときと同じ状況だ。

必要としてくれる人がいなくなったら、自分の姿は普通の人間の目には見えなくなるのだと気づいた。

――おじいさん、おばあさん……寂しいよぉ。

溢《あふ》れる涙とともに、溶けて消えてしまえばいいのにと思った。


いかな猫又といえども猫だ。そう遠くまでは行くまい。

雪之丞を探しに出た爵也は「バカ猫がっ」と毒づく。

引くときと甘えるタイミングとを、大きくはき違えている。

妖者《あやかしもの》としての力と完璧な美貌を持ちながら、なんなのだ、あの自信のなさは。

「まったく、手のかかる」

だが、手がかかるほどに、可愛いものだ。動物も小さい生き物も。その分類に、妖怪が含まれるとは、雪之丞と出会うまで知らなかった。

お子様ランチのナポリタンをやけに気に入っていたから、商店街のほうへ向かったのかと思い、足を向けたが、それらしい姿はない。人型をとっていないとすれば、白猫姿のはずだ。

「左右の目の色の違う白猫、みかけませんでしたか？」と、出会う人、声をかけてくる人に尋ねてみるものの、誰もが皆「記憶にない」と言う。

「先生……」

背後から声をかけられて、足を止めた。重苦しい声には聞き覚えがある。

こんなときに面倒な……と思いつつ、振り返った。ニッコリと、営業スマイル。そうだ。爵也にとって、飼い主に向ける笑みは営業スマイルでしかない。

重暗い気配を纏って立っていたのは、トイプードルのベティの飼い主だ。

リードの先には、ちょこんっとお座りするベティがいる。今日も、困った顔をしていた。不幸な境遇だ。こんな飼い主でも、ベティにとっては最愛の飼い主なのだから。

「こんにちは。奇遇ですね」

奇遇でなかったらなんなのか。考えるだけで面倒くさい。

「先生、私……」

「申し訳ないのですが、急ぎますので、ベティの診察でしたら、病院へ来ていただけますか？」

さすがに今は相手をしていられない。雪之丞を探すほうが先だ。

妖怪の力を使って、どこかへ消えてしまったら厄介だ。大好きだったという、飼い主のおじいさんというのは、どのあたりに住んでいた人物なのだろう。

そのとき、爵也の記憶の奥底から、とうに忘れ去っていた、ひとつの光景が呼び起こされた。

――『おじいさんを助けて！』

自らも怪我を負いながらも、懸命に飼い主の救済を求めてきた真っ白な猫。とうに成猫だった。長く飼われているのがわかる、飼い主との絆《きずな》を見せた。

――『お願いだよぉ……』

先に亡くなったおばあさんと、最期のときまでずっとおじいさんの傍にいると約束したのだと泣いた、やさしい子だった。

まだ爵也が大学生――獣医の卵だったときのことだ。教授について地方の学会に参加し、そのついでに温泉に行きたいという教授を、レンタカーで送迎したときのことだった。

急いでいたのもあって、怪我の容体だけ確認して、近くの獣医にあずけた。腕のいい獣医だということは、入院患者の声に耳を傾けてわかったから、安心してあずけていったのだ。老人に対しては、名乗りもしなかった。自分はただ救急車を呼んで、到着するまでついていただけにすぎない。恩を売るようなことでもなかった。

だから、老人と飼い猫の容体だけ確認して、立ち去った。

なんでもない、日常の一コマだ。爵也にとっては、特別記憶しておくようなことでもなかった。動物を助けるのは、子どものころから頻繁にあることだったから……。

「どうして言わない」

毒づいて、大股にその場をあとにする。「先生……！」と声が追ってきたけれど、もう振り返らなかった。これ以上何かあれば、もはや警察に頼るほうが懸命だろうと思われるレベルに達している。

住宅街の公園まで来たところで、やけに野良猫たちが集まっていることに気づいた。もしかしたら、雪之丞の姿を見ているかもしれない。

「おまえたち、うちの――」

「先生……!?」

いつもなら爵也に我さきにとすり寄ってくる野良猫たちが、気まずげに視線を逸らす。なかには、そーっとあとずさりしてその場から消えようとするものも……。

「……？　どうした？」

ととっと駆けよってきたキジトラが、少し距離を置いてちょこんっとお座りをする。そして「その……」と言葉を濁した。

「うちのユキを見ていないか？」

白銀の毛並みの、今は成猫姿か仔猫姿かわからないが、とにかく綺麗な猫又だと説明をする。

集っていた野良猫たちが、少しずつ輪を縮めるように集まってくる。

「どうしたんだ？　なにがあった？　みんな元気がないぞ？」

雪之丞は心配だが、目の前で元気をなくしている動物たちを放っておくことはできない。

片膝をついて、手を差し伸べる。

キジトラが、何かに耐えかねたかのように、たたっと駆けよってきた。

「先生、ごめんなさいっ」

「……？」

いったい何があったというのか。

「ボクたち、悔しくて……だから……っ」

うぇぇぇぇんっ！　と泣きはじめる。それに触発されたかのように、猫たちが鳴き声を上げはじめた。

「いったいどうしたんだ？」

わけがわからない。

猫たちに気を向ける爵也の背後に、不穏な気配が近寄る。

自分たちがしてしまったことを嘆《なげ》く猫たちも、彼らに意識を向ける爵也も、すぐにはそれに気づけなかった。

はっとしたときには、ゆらり……と重暗い影が、爵也のすぐ背後に立っていた。手元で、ギラリと光る鈍い光。凶器の放つそれは、持ち主と同じ重い空気を纏っていた。

山へ向かっていたはずなのに、気づけばまた公園の前に戻っていた。

方角すらわからなくなってしまったのだろうか。猫の本能も失くしたらしい。情けない。

また野良猫たちにいじめられるのも寂しい。さっさと離れようとして、だが嫌な気配を察知し、足をとめた。

「これ……」

なんだ？　この重苦しいような気配は。

覚えがある。どこかで接した記憶がある。とても嫌な感じ。

茶色い毛並みのイメージが過った。困ったような顔とつぶらな瞳。

——ベティ……!?

トイプードルのベティの飼い主だと気づく。この嫌な感じは、爵也に向けられていた醜《みにく》い感情だ。

「ワンっ！」

公園のなかから、犬の——ベティの鳴き声。つづいて、数多くの猫たちの唸り声も。

——爵也……っ!?

爵也の匂いがする。

そうだ、自分は、山の匂いを追っているつもりでいて、爵也の匂いを追っていたのだ。

「爵也……っ！」

咄嗟《とっさ》に駆けていた。

公園のなかほどで、猫たちがふたりの人間を囲んでいた。

真ん中に爵也と、猫背の中年女性。何かを抱えるような恰好をしていて、目を凝らすと手に鈍く光るものを持っている。

ナイフだと気づいた。

凶器を、爵也に向けている。

猫たちは唸るものの、女性の発する負のエネルギーにあてられたかのように、動けないでいた。女性の傍らで可哀想にベティは完全に腰を抜かしている。

「爵也……っ！」

雪之丞の声に反応したのは爵也だった。凶器を手にした女性はのろのろと顔を向ける。

「ユキ……？　来るな……っ！」

いつも冷静沈着な爵也が、声を荒らげるところなど、はじめて見た。

「爵也……！　ダメ……！」

女性が手にしたナイフを振りかざす。一度は雪之丞に目を向けたものの、爵也の意識が雪之丞に向くと、途端に狂気じみた目で爵也を睨んだ。

「先生……！」

どうして……！　と叫ぶ。

「どうして私を見てくれないの……！」

身勝手な言い分を叫んで、爵也が悪いと罵る。

「爵也から離れろ……っ！」

雪之丞は力を振り絞って跳躍した。猫としての力だったのか、猫又としての力なのかわからなかったけれど、爵也を傷つけようとする人間は許せなかった。

「いやぁぁぁあぁあぁぁぁ……っ！」

悲鳴のような怒号のような奇声とともにナイフが振り下ろされる。

凶器の前に、雪之丞は飛び込んだ。なけなしの妖力は、爵也を守るために使った。躯に、グサッ！

と衝撃が襲った。

「ユキ……っ！」

爵也の叫び声、猫たちの鳴き声、ベティの悲鳴。

それから、女性の声にならない奇声。

騒ぎを聞きつけた通りがかりの誰かが、近くの交番に飛び込んだのだろう、制服姿の警察官が駆けてくる。

「ユキ……っ⁉　雪之丞⁉」

爵也の温かな手が、どんどん冷えていく雪之丞を抱き上げる。

「爵…也……」

守れたのかな。守れたのならよかった。

これでおじいさんとおばあさんのところへ逝ける。おじいさんもおばあさんも、きっと雪之丞を褒めてくれる。


真っ白い世界だった。

白銀の耳と二股尾を揺らし、雪之丞は果てなくつづく草原のただなかに立っていた。

上空には、ひたすら青い空。なのに認識する世界の印象は白だ。不思議な感覚。雲ひとつ見当たらないというのに。

足元には風に流れる草。ちらちらと、黄色い小花が揺れる。

白い空間に、雪之丞はひとり佇む。

ひとりぼっちは嫌なのに、足が動かない。

ふいに頬を、温かな風が撫でた。

——おじいさん……？

違う。おじいさんじゃない。おばあさんでもない。

『雪之丞』と呼ぶ声の甘さに覚えがある。

姿の見えない温かな何かが、雪之丞の頭を撫でる。耳を擽《くすぐ》る。心地好い。

もっと撫でてほしい。ぎゅっと抱きしめてほしい。

ここがどこでも、現世でも、雲の上の世界でも、ひとりぼっちは嫌なのだ。

4

ふいに浮上した意識が察知したのは、じっと向けられる複数の視線だった。目を開けなくても気配を感じる。

瞼越しに明るい光を感じて、瞼を上げようと試みる。

「……っ」

うすぼんやりと開けた視界。目の奥が痛むほどの明るさに感じたのは一瞬のこと。実際には、光源はかなり落とされていた。

「先生！　気づいたよ！」

聞き覚えのある声が誰かを呼ぶ。この声は錫だ。

「雪之丞、だいじょうぶ？」

もごもごとはっきりしない声は絹のもの。相変わらず頬袋はひまわりの種でいっぱいのようだ。

「……っ」

唐突に、どうして？　と感じた。

どうしてここに錫と絹がいる？　自分はおじいさんとおばあさんのところへ逝ったはずでは……？

「雪之丞？」

やさしい声が呼んだ。夢のなかで聞いた声だ。

視界が陰って、すぐ間近に端整な相貌《そうぼう》。

「爵……也？」

爵也が、雪之丞を見下ろしている。

どうして？　と何度繰り返しても、状況が見えない。

ふわり……と抱き上げられた。

爵也の腕にちまっと抱かれてようやく、自分がまた仔猫姿になっていることに気づく。

「まったく、無茶をする」

金碧の瞳を瞬くと、大きな手が小さな頭をやさしく撫でてくれた。

「……ボク……？」

どうしたんだっけ？　なにがあったんだっけ？

二股尾が、甘えるように爵也の手に巻きつく。無意識の行動だった。

「おい、大丈夫か？」

爵也の肩によじ登ってきた錫が、呆れた口調ながらも気遣ってくれる。

「頭うった？」

何気に容赦のないことを言うのは、まんまるの絹だ。

「……っ！」

思い出した！

爵也が危ないと思って、凶器の前に飛び出して……それからどうしたんだろう？　また仔猫になっているのは、妖力を発散させたからだろうか。

「猫又でよかったな」

爵也がやれやれ……といった口調で言う。

「……え？」

どういう意味？　と上目遣いに尋ねると、爵也は小さな軀を自分の顔の高さに抱き上げた。

「ナイフが刺さったんだ」

説明の声は、爵也のものではなかった。錫と絹でもない。首を巡らせると、縁側のところに、覚えのあるキジトラ模様。公園にいた猫だ。

「無茶しやがってっ。おまえが死んだら、後味悪いじゃねぇかっ」

面白くなさそうに言いながらも、声音に安堵が滲む。

「猫又だから、死なねぇですんだみたいだけどさ」

脅かすなよ！　と吐き捨てて、キジトラは背を向ける。

「あの……」

雪之丞が呼び止めると、一度足を止めて、「公園にいたやつらも心配してっから」と呟いた。「報告してくる」と、縁側を飛び出していく。

「あれでも心配してるらしいな」

錫が呆れ声で言う。

「ずっと縁側にいたんだよ」

雪之丞が目覚めるのを、縁側でずっと待っていたのだと絹が補足した。

「爵也、ボク……」

あの女のひとはどうなったのだろう？　爵也に怪我はないようだけれど……。

雪之丞の疑問に気づいたのか、「人間のことは人間に任せておけばいいことだ」とだけ返される。

結局迷惑をかけたのだと思った。爵也を助けたかっただけなのに……。

「痛いところはないか？」

雪之丞を抱き上げ、べろんっと伸びた腹を観察して、「傷は消えているな」と呟く。

「う……ん」

大丈夫みたい。どうしてなのかはよくわかっていないけれど。

「妖怪の生存本能ってやつか」と、爵也が唸った。

「で？　一度消費した妖力は、どれくらいで戻るんだ？」

「……わかんない」

「大人と子どもの姿は、自在に操れるのか？」

「……やったことない」

ごめんなさい……と、しゅうんと耳を伏せ、二股尾を巻く。

「やってみろ」

「……えっと……」

いきなりやってみろと言われても……。

でも、できないとも言えない空気だった。

えいっ！　と、変化を試みる。

爵也の腕に抱かれた恰好のまま、ぽんっ！　と弾ける音がして、雪之丞は本来の成猫姿に変化した。

どうやら妖力が戻っているらしい。とはいえ、その妖力で何ができるのか、雪之丞にはよくわからないのだけれど。

「なるほど……やはりそうか」

爵也が納得顔で頷く。

「おまえ、あのときの子か」

「爵也？」

思い出してくれた？

雪之丞が金碧の瞳を瞬くと、爵也は「チビすけだからわからなかったじゃないか」と笑う。

サチに発見されて最初に病院に運ばれたとき、雪之丞はすでに仔猫に変化していた。爵也の記憶のなかでは成猫なのだから、繋がらなくて当然だ。

「おじいさんの最期を看取れたようだな」

偉かったな、と頭を撫でられて、目の奥が熱くなった。

「爵也ぁ……」

大粒の涙が、ボロボロと溢れ出した。

「うえぇぇ……っ」

白衣の胸元にひしっとしがみついて、額を擦りつける。

抱く腕が離れるのが怖くて、二股尾を巻きつけた。

「違うの……ボク……ボク……」

本当は違うのだと打ち明ける。

おじいさんを送るまで、生きていられなかった。おばあさんと約束したのに、果たせなかった。

おじいさんより先に逝ってしまって、大好きなおじいさんを悲しませてしまった。

悔しくて悲しくて、このまま逝けないと強く願ったのだ。

その願いを、神様が聞き入れてくれた。だから猫又になれたのだと思う。よくわからない。だって、気づいたら尻尾が二本に割れていたから。

おじいさんには、自分の姿が見えなくなっていたから……。

「おじいさんには、ボクが見えなかったんだ……」

寂しくて悲しくて、おじいさんが茶毘《だび》にふされるのを肩を落として見送った。そうしたらもう、存在する意味がなくなった。

妖怪になってまで傍にいようとしたのに、意味がなかった。

ひとりぼっちになって、悲しくて寂しくて、行く宛もなくて、爵也に会いたいと強く思った。

爵也なら、きっと自分の声を聞いてくれると思ったから。

事実、爵也は自分を見てくれた。話しかけてくれた。頭を撫でてくれた。

「おじいさんには、きっとおまえの姿は見えていたよ」

「……え？」

「妖怪となったおまえが想いに囚われてその場から動けなくならないように、解放しようとしてくれたんだろう」

爵也が雪之丞の背を撫でながら言う。雪之丞にはよくわからなかった。でも爵也がそう言うのなら、きっとそうなのだろうと思うことにした。

「うん」

すりすりと、小さな頭を爵也の頬に擦りつける。こうすると、おじいさんは喜んでくれたから。

「ボク、もう行く場所がないんだ」

爵也の頬をペロリと舐める。

「いい子にするから。ちゃんとペットするから、ここに置いてください」

普通の猫のふりをして迷惑をかけないようにするから、病院に置いてほしいとお願いする。

「ペットなら間に合ってるんだがな」

肩の上の錫と絹を撫でて言う。錫は「このいけずめ」と言いたげな顔で爵也を見たが、雪之丞にはわからない。

「じゃ、じゃあ、下僕になるっ。妖怪の力、ぜんぶ爵也のために使うっ」

だからお願い！　と懸命に縋りつく。絶対に離されまいと、爵也の腕に、さらにぎゅっと尻尾を巻きつける。

どういうわけか、爵也がウンザリ気味に長嘆した。

「まぁ、しょうがないか」と呟いて、肩の上の錫と絹をケージに戻し、雪之丞を抱いて腰を上げる。

「無体なことすんなよ」と錫の声が追いかけてくる。

「歳食ってても、そいつは箱入りだぞ」

猫又だからって、世間を知っているわけじゃないらしい、と達観しきったことを言う。

「ご忠告どうも」

爵也は、おまえたちこそネズミの妖怪じゃないのか？　と笑って、雪之丞を抱いて母屋へ。

連れて行かれたのは、爵也の自室だった。はじめて入った部屋なのに、爵也の匂いがするためだろうか、とても落ち着く。

大きなベッドがあって、その真ん中で丸くなって眠りたくなる。

だが、とろんっと安心しきった表情を見せる雪之丞とは対照的に、ようやく第三者の目から隔絶された空間に雪之丞を連れ込むことがかなった爵也の表情が一変する。

「それじゃあ、下僕としてたっぷり奉仕してもらおうか」

雪之丞を抱いてベッドに腰を下ろし、背を撫でながら爵也が言う。

「……え？」

ピンク色の耳に、低く甘い声で囁かれて、雪之丞はくすぐったさに耳をぴくぴくさせた。

「もう人の姿になれるだろう？」

「でも……」

あの姿は、爵也のお気に召さなかったのでは？

「愛玩方法が違えば話は別だ」

「愛玩……？」

言葉が難しすぎて、雪之丞には理解できない。でも爵也がそうしろと言うのならそうする。

ぽんっ！　と弾ける音とともに、雪之丞は人型に変化した。人型とはいっても、猫耳と二股尾は装備したままだ。

プラチナブロンドに金と碧の瞳、白い肌、珊瑚のような唇。宝石のような瞳を飾る長い睫毛も白銀で、長い二股尾も輝く被毛に覆われている。

「これでいい？」

「上出来だ」

雪之丞は全裸だった。白い肌を隠すものは何もない。

満足げに雪之丞の肢体《したい》を見やって、爵也が口角を上げる。その表情は、病院で患者たちを前にしているときの、やさしい獣医の顔とはまるで違うものだ。

「わ……っ」

膝に抱かれていた雪之丞は、いきなりベッドに放られて、悲鳴を上げた。

びっくりして大きな目を瞠ると、爵也が覆いかぶさってくる。

大きな手に首筋を撫でられて、条件反射で喉が鳴った。

「気持ちいいのか？」

「う……ん」

撫で撫でされるのは好きだ。気持ちいいと喉が鳴る。それは妖怪になっても変わらない。

爵也の手が膝にかかった。白い太腿《ふともも》を大きく開かれる。

猫が腹を出して寝転がったときの恰好だから、雪之丞はそれほど気にしなかった。でも、じっと視線を注がれると、なんだか腰の奥がムズムズしはじめる。

爵也の手が小さな性器に伸びて、かたちを確かめるかのように握った。

「猫だったころに、交尾の経験はあるのか？」

「交……尾？」

きょとり……と瞳を瞬く。

雌猫と交尾したことがあるのかと訊かれてコクリと頷く。猫にとっては、あたりまえの本能だ。

——が、爵也の反応は違っていた。

「ほお……」

爵也の目が細められた。どうしてか、雪之丞の背をゾクリ……とした悪寒が突き抜ける。

「爵也……？」

どうしたの？　と問う眼差しを向ける雪之丞の視界のなか、爵也は白衣を脱ぎ捨てた。そして、ネクタイのノットに指を差し入れ、シュルリと絹音をさせてそれを抜き取る。

何をするのかと見ていたら、両手首を捕えられ、ネクタイで拘束された。

「……え？　え？」

なに？　と、見開いた瞳を白黒させる。

両手首をまとめて頭上に縫いつけられ、膝を大きく開かれた。薄い胸から下腹へと撫で下ろされて、甘ったるく喉が鳴る。細腰が揺れた。どうしてか、ふるり……と淡い色の性器が勃《た》ち上がってくる。

「な、なに……？」

自分の身体に何が起きているのかわからなくて、雪之丞は不安げに爵也を見上げた。

「普通の人間と変わらない機能を備えているようだな」

敏感になったそこに指を絡め、爵也が呟く。

「や……んっ」

淡い刺激が襲って、雪之丞は甘ったるい声を上げた。自然と腰が揺れる。

「なん、か……ヘン」

腰の奥がムズムズして、なんか出そう……。

「爵…也、なに、これ……？」

呼吸が荒くなって、頭がぼうっとしはじめる。

「発情しているのさ」

「発情？　でも……」

今は春じゃない。困惑する雪之丞に、爵也がクスリと笑みを零した。

「人間に発情期はない。年中いつでも発情するんだ」

だから、人型の雪之丞も人間と同じように、いつでも発情できるのだという。

「な、なに…する、の？」

ここに雌猫はいない。発情しても、つらいばかりだ。

「交尾」

「……え？」

どうやって？　と戸惑う雪之丞を、爵也は愉快げに見下ろす。

「おまえは俺の言うとおりにしていればいい」

いい子にしていたら、うんと気持ちよくしてやると言われて、雪之丞はコクリと頷いた。

「いい子にしてたら、ずっと傍に置いてくれる？」

前をはだけられたワイシャツに縋ると、「いい子にしてたらな」と頬を撫でられる。

「いい子にしてるっ」

ひしっと縋ると、ぎゅっとしてほしいのに、身体を離されてしまった。

「爵也ぁ」

どうして？　と涙目を向けると、「いい表情だ」と満足げに返される。

爵也の手が雪之丞の膝を割って、胸につくほどに大きく開かせる。

腰が浮いて、長い二本の尾が所在無さげに揺れる。爵也の腕にするり……と巻きついて、ようやく落ち着いた。

じゃれつく尻尾に笑いを誘われながら、爵也は淫らに晒《さら》した局部に舌を伸ばしてきた。

「……え？　なに……や……ぁっ！」

勃ち上がった欲望に舌を這わされ、熱い口腔に捕らわれる。ねっとりと舌を絡められて、悲鳴が迸《ほとばし》った。

「ひ……っ、あ……ぁんっ！」

跳ねる細腰を、大きな手に押さえつけられる。敏感な先端を舌先に抉られ根元までをきつく吸われて、あっという間に頂に追い上げられる。

猫の軀で感じるのとはまるで違う快楽。

あと少しというところで解放され、大きな手に扱《しご》かれた。

「あ……ぁっ！　や……ぁっ！」

爵也の視界のなか、淡い色の欲望から白濁を飛び散らせる。放埒《ほうらつ》の瞬間、感じ入った表情も情欲に震える肉体も、すべてが爵也の視線に晒されている。

はじめて、恥ずかしいと思った。

いやらしい蜜《みつ》に濡れそぼちヒクヒクと震える欲望のすべて、その奥で息づきはじめた狭い入口まで、観察されている。

「爵…也ぁ」

やだ……と、大粒の涙をこぼす。

「見な…で……」

顔を隠したくても、両手を拘束されていてままならない。懸命に身を捩ったら、「いい子にしている約束だろう？」と、低く意地悪い声を落とされる。

「だ…って……」

約束したけど、こんなに恥ずかしい目に遭わされるなんて思ってなかった。

尻尾でどうにか隠そうとしても、「そんなことは許してないぞ」と払われてしまう。長い尾を掴まれ、ふわふわの先端に口づけられた。

「や……しっぽ、ダメ……」

触られるとムズムズが酷くなる。

「尻尾が感じるのか？」

長い尾を撫でるように擽られて、痩身《そうしん》をくねらせる。

「わか…な……っ」

吐き出したばかりの欲望にまた熱が集まりはじめて、雪之丞は困惑した。

「ど……して」

膝頭をすり合わせて、ムズムズを懸命にこらえる。

「や…だ、また出ちゃ……っ」

助けて……と、爵也を見上げても、愉快そうに目を細めて見やるだけ。助けてくれるどころか、皮膚の薄い内腿を撫でられ、その場所に唇を落とされて、ムズムズを酷くされる。

「爵也…の、意地悪……っ」

泣きながら訴える。

爵也は雪之丞の泣き顔を満足げに見て、「いい顔だ」と笑った。

またも膝を割られ、今度は腰が浮くほどに身体を折り曲げられる。濡れそぼつ局部を露わにされ、さらに奥で息づく入り口に視線を注がれた。

「お尻…なんて、見な……、ひ……っ！」

後孔にぬめった感触。

ぎょっとして上体を起こそうとするものの、自由にならない。

「や……だ、や……っ」

そんな場所を舐められるのは、生まれたばかりの仔猫のころ、母猫に排泄を促されたとき以来だ。

もはやとうに忘れた感覚ではあるが、あきらかに仔猫のときにされたのとは違うとわかる。

入り口を舐られ、舌先を差し込まれて、固く閉じていたはずの場所がゆるみはじめる。次いで硬い異物が挿し込まれる感触。それが爵也の指であることを、すぐには理解できなかった。

「や……んっ、広げちゃ……ダメ」

舌にゆるめられ、挿し込まれた指に内部を拓かれる。

「はじめてのわりにやわらかいな」

揶揄の声。内部を探る指で敏感な内壁をぐりっと抉られて、「ひ……っ！」と腰が跳ねた。

「ここ、か……」

こんなところも人間と同じだな、と愉快げな呟き。

「な……に？　ひ……っ！　あぁ……っ！」

内部を刺激されて、ゆるく頭を擡《もた》げていた欲望が弾ける。

「あ……んっ」

いつの間にか二本に増やされていた指を、戦慄く内壁がきゅうっと絞めつけた。切なげに震えて、爵也の指に絡みつく。

「や、だめっ」

爵也が指を引き抜こうとするのを、本能的に引き止めていた。

「抜いちゃ……や……」

うずうずするっ、と泣いて訴える。

「なかが、気持ちいいのか？」と訊かれて頷く。

「気持ち…い……」

もっと奥まで欲しいと、腰を揺らす。

「もっと、こす…って……奥……もっと……」

熱に浮かされたように、シルクのような髪を振り乱し、なめらかな肌を朱に染めて、淫《みだ》らな言葉でねだる。

「いやらしい猫だ」

尾の付け根を擽られて、「あぁんっ！」と甘ったるい声を上げた。

「ここも気持ちいいのか？」

「気持ち…い……い」

もっと撫でてとお願いする。でもかなえられない。かわりに、「なかとどっちが気持ちいい？」と訊かれて、「なか……」と答えた。

「素直ないい子にはご褒美《ほうび》をあげないとな」

そう言いながら、爵也は指を引き抜いてしまう。

「や……んっ」

その刺激にも感じて、雪之丞は喘《あえ》いだ。

腰骨を掴まれ、引き寄せられる。間に、熱く硬いものが触れた。「なに？」と尋ねるより早く、衝撃が襲う。

「ひ……っ！」

ズンッ！　と脳天まで衝撃が突き抜けた。細腰が跳ね、細い背が撓《しな》る。

「痛……っ、ひ……ぁっ！」

爵也の欲望を一気にねじ込まれたのだと、理解できるような経験値は雪之丞にはない。なにがおきたのかわからぬままに、必死に爵也に縋ろうとして、でも腕が自由にならないことに気づき、半ばパニックを起こして泣きじゃくった。

「い……やっ、いやぁ……っ！」

暴れようとする腕を頭上に縫いつけ、爵也はさらに腰を進める。

「く……っ」

強直を最奥までねじ込んで、ようやく雪之丞の腕を縛っていた拘束を解いた。だが、片手でシーツに縫いつけられているために、雪之丞の自由は制限されたまま。

繋がった場所が馴染《なじ》むのも待たず、爵也が腰を揺すった。

「は……ぁっ、んんっ！」

灼熱《しゃくねつ》の杭が内部を刺激して、先ほど以上の快楽が襲う。痛みはあるのに、それ以上に喜悦が勝っていた。

はじめゆっくりだった律動が、やがて激しさを増し、視界がガクガクと揺れる。突き上げられる衝撃が全身を襲って、思考が肉欲に支配される。

「あ……ぁっ、ひ……んっ」

仰《の》け反らせた喉から溢れる甘ったるい嬌声《きょうせい》。

もっと奥へと誘うように、無意識に白い太腿が爵也の腰を締めつける。

「ひ……っ、あ…ふっ、あ……んんっ、あぁ……っ！」

最奥を突かれて、またも白濁が弾ける。だが、埋め込まれた強直は猛々しく、なおも激しく痩身を翻弄《ほんろう》する。

「も……だめっ、奥……だめ……ぇっ」

泣きじゃくりながら、必死に頭《かぶり》を振った。

「なにがダメだ。こんなに締めつけて――」

甘い揶揄《やゆ》が落とされる。叱られたと勘違いした雪之丞は、澄んだ瞳をますます涙に濡らした。

その泣き顔が、さらに爵也を煽《あお》る。

「――……っ！」

ひときわ深い場所を抉《えぐ》られて、声にならない嬌声が迸った。

「あ……ぁっ、……っ！」

掠《かす》れた喘ぎが白い喉を震わせる。

「……っ」

最奥で、熱い飛沫《ひまつ》が弾けた。細胞までを浸食するかのように、じわじわと雪之丞の一番深い場所にしみわたっていく。

数度の痙攣《けいれん》を繰り返して、雪之丞は痩身をシーツに沈めた。腕を首に回すように促されて、爵也の体温が近づいた。

嬉しくて、なけなしの力を振り絞って、ひしっと縋る。頬ずりをして、猫姿のときにそうしたように、爵也の頰を舐めた。

「悪戯猫め」

毒づく声がして、雪之丞は首を竦める。プラチナに輝く長い睫毛にいっぱい涙を溜めて、爵也を見上げる。

そこには、満足げに口角を上げる、端整な面があった。口許には意地悪い笑み。でも、その目の奥にはやさしい光がある。

「爵也っ」

ぎゅっとしがみつくと、「ダメだ」と離される。

「ヤだっ」

どうして？　泣きながら縋ろうとしたら、下から掬い取るように唇を合わされた。

口づけは、はじめてだった。

猫姿のときには、仲間とあいさつをするときに、猫は鼻先をすり寄せる。けれど、それは口づけとは違う。

「……んっ、ふ……」

ねっとりと舌を絡められ、深い場所まで探られる。

「は……ぁっ」

呼吸が苦しくて喘ぐと、濡れた唇を淡く食まれた。

身体を入れ替えられ、ベッドに仰臥《ぎょうが》する爵也の腰を跨《また》ぐ恰好で身体の上に引き上げられる。

甘えるように鼻先をすり寄せたら、またキスしてくれた。

「……んっ」

ちゅっちゅっと甘ったるいリップ音。

「爵也……気持ちいいよ……」

蕩《とろ》けきった顔で、キスが気持ちいいと訴える。

「いい子だ」

褒められて、嬉しくて、長い二股尾をご機嫌に揺らした。ゴロゴロと喉が鳴る。ぴるるっと震える耳を、爵也が撫でてくれる。

「人間の交尾、好き」

「ん？」

「だって、顔が見えるもん」

大好きな人の顔を見ながら抱き合える。

だから、こうして抱き合うのは好きだ、と訴えたつもりだったのに、途端に爵也の目の色が変わった。

「猫の交尾はどうするんだ？」

面白くなさそうに聞かれて、雪之丞は目をぱちくりさせる。

獣医の爵也が、動物の生態で知らないことなんてないはずなのに。

「爵也？　……ひ、んっ！」

腹這《はらば》いに押さえつけられ、腰だけ高く突き出した恰好をとらされる。猫の交尾と同じ恰好だ。

「あぁ……んっ！」

後背位で一気に最奥まで穿《うが》たれて、雪之丞は甘く鳴いた。長い二股尾を爵也の腕に巻きつける。

激しい律動に犯されて、上体が頽《くずお》れた。ますます淫らな恰好を強いられて、けれど快楽が増す。

「爵…也……爵也ぁっ」

もっと奥まで、もっと激しくと、泣きながらねだって、腰を揺らした。

「――……っ！」

上体を屈めた爵也が、雪之丞の耳に口づける。そんな些細な刺激に感じて、雪之丞ははたはた……と情欲を溢れさせた。

「爵也……好き……大好き……っ」

ずっと傍に居させて……と、ねだる。

「いい子にしてたらな」

一生可愛がってやると、耳朶に甘い声が返される。

「いい子でいる…から……っ」

だから、ぎゅってして、とおねだりをした。

温かな腕が、広い胸に抱きよせてくれる。

嬉しくて、喉が鳴った。ご機嫌に揺らした尻尾で、爵也をぎゅっと抱きしめた。

エピローグ

テーブルに出された皿を見て、雪之丞――いや、小さなユキは目を輝かせた。

「お子様ランチ、ユキちゃんスペシャルだよ」

ナポリタンが大好きな雪之丞のために、特別に盛られたお子様ランチだった。ナポリタンだけ、通常盛りになっている。

「ありがとう！」

シェフ夫妻に礼を言って、フォークを握る。そして、爵也に教えてもらったとおりにフォークに巻きつけて頬張る。至福のときだ。

「本当に美味しそうに食べるわね」

夫人が微笑まし気に言う。

「たまには奥さんと三人できてくださいよ」

シェフが爵也に話を向けた。

「彼女は外食が苦手なんだ」

爵也は噂に蓋《ふた》をするどころか、煽るように返す。小さなユキも、平然と連れ歩く。

シェフ夫妻はもちろん、病院に通ってくる患者の飼い主も商店街の人々も、プラチナブロンドの美女（？）と小さなユキは別人……母子だと勘違いしているのだ。

例のストーカー化したベティの飼い主の一件が、噂に拍車をかけている。

表向き猫を刺したことになっているため、爵也が警察沙汰にしなかったのもあって、公にはなっていないが、人の口に戸は立てられない。噂は広まって、この街にもうあの女性の居場所はない。単身赴任中の夫にもばれて、近い内に離婚の上、引っ越していくらしいと噂されている。

あとになって、キジトラ猫から聞いた話なのだが、雪之丞が刺されたとき、爵也は「警察沙汰にされたくなかったら二度と顔を出すな！」とすごい剣幕で、女性の言い訳ひとつ、耳を貸さなかったという。

そんなこと、爵也はひと言も言ってくれなかった。今でも、雪之丞が小さなユキ姿のときはやさしくしてくれるけれど、青年姿をとると途端につれなくなる。――ベッドのなかでは可愛がってくれるけれど。

「それにしても、ユキちゃん、その傷はどうしたの？」

雪之丞の頬の傷をさして、夫人が心配げに問う。

「公園の猫と一戦まじえたの」

難しい言葉を使って返すと、シェフ夫妻は驚いた顔を見合わせて、そしてクスクスと笑いを零した。

「公園の猫ちゃんたちと仲良しなのね」

雪之丞の言葉は、本当に事実そのままなのだけれど、うまく通じないらしい。

結局、爵也のもとで暮らすことになった雪之丞だが、それが公園の猫たちはもちろん、病院に通ってくる動物たちの不興を買って、ことあるごとにつっかかられたりいじめられたりする日々なのだ。

錫と絹も、味方になってくれるようでいて、野良猫たちと一緒になっていじめているようなところもあり、懸命に応戦する雪之丞の毎日はにぎやかだ。

サチだけは雪之丞の味方で、「元気なのはいいですけど、ケガには気をつけなくちゃね」と、絆創膏を貼ってくれる。妖力を使えばすぐに治るから意味はないのだけれど、サチが貼ってくれる絆創膏は好きだ。

爵也はといえば、「猫又が普通の猫に負けてどうする」と、これまたつれない。

でも、仔猫と幼児姿のときは、無条件でやさしいから、雪之丞も最近になって学習した。夜以外は、たいがい小さなユキの姿でいる。病院のお手伝いもユキの姿でしていると、ペットを連れてくる飼い主たちが、お菓子をくれたりする。

でも夜は、ベッドでうんと甘やかしてほしいから、青年の雪之丞になる。毎晩のように爵也に攻めたてられて泣くはめになるのだけれど、そのあとは腕枕で眠らせてもらえる。

「口の周りがケチャップだらけだぞ」

フォークとナイフを置いた爵也が、ナプキンで口の周りを拭ってくれる。

「爵也もたべる？」

大好物のナポリタンだけれど、爵也にならわけてあげてもいい。

フォークにくるくるっと巻きつけて差し出すと、爵也がそれを頬張る。

「おいしい？」と尋ねたら、「美味しいよ」と微笑んでくれる。

大好きな人と食べるご飯は美味しくて、幸せで、雪之丞は長い二股尾をご機嫌に揺らした。

猫又の恩返しは、はじまったばかり。

猫又の秘密事

1

首のあたりが擽《くすぐ》ったい。

朝の目覚めとともに、首と枕《まくら》の隙間《すきま》に挟まるやわらかくて温かくて丸いものの存在に気づいて、爵《たか》也《や》はそこへ手を伸ばす。

「ユキ……？」

仔猫《こねこ》姿の雪《ゆき》之丞《のじょう》が、隙間に挟まるようにして丸くなっている。昨夜いささか無体を強いたために、小さくなってしまったらしい。

すやすやと眠る真っ白な仔猫を胸の上に引き上げ、丸まった背を撫《な》でる。

爵也とまぐわうことでエネルギーを得ているはずで、本来なら大人の姿を維持できてもよさそうなものだが、爵也の無体が過ぎるのか、あるいはチビ猫姿のほうが省エネで楽なのか、雪之丞は仔猫あるいは子どもの姿でいることが多い。妖艶《ようえん》さを醸す美貌《びぼう》の青年姿を見せるのは、ベッドの上以外では当人がそれを意識したときのみだ。

爵也としても、可愛《かわい》らしい雪之丞を気に入っているから、チビ猫の姿にも不服はない。さすがに少年愛趣味はないから、ベッドの上では大人でいてもらわないと困るけれど。

「うみゃ……」

撫でる爵也の指先が心地《ここち》好《よ》いのか、銀色のヒゲを震わせ、ピンク色の口をむにゃむにゃと動かす。プラチナの毛並みがふわふわわと立っている。

こうしていると、普通の仔猫とかわらない。だが中身は、たぶん実年齢――この世に生まれてから経過した時間という意味だ――では爵也と変わらない猫又だ。

一度は猫としての一生を終えた成猫だったはずなのに、猫又化したときに猫として生きた経験値がすっぽりと抜け落ちたのか、すっかり幼児退行している。大人の人型をとっているときでも、見た目はともかく中身には幼さが滲《にじ》む。

小さな命は皆愛らしく健気《けなげ》だ。掌《てのひら》にのるハムスターも、ときに牙《きば》を剝《む》く大型犬も、人間に比べれば等しく健気で愛らしい命と言える。

だが、妖怪までもが、その健気で愛らしいくくりの範疇《はんちゅう》に分類されるとは思ってもみなかった。

雪之丞の二股《ふたまた》に割れた尾が爵也の指に巻きついてくる。無意識の行動だからこそ、なおのこと愛らしい。もはや野性のかけらもなく、チビ猫又は爆睡中だ。……猫又に野性があるのかは不明だが。

普通、獣医の朝は意外と早い。入院動物の世話をする時間をとられるためだ。だが幸い、今現在入院治療をしている動物はいない。

いつもより少しばかりゆっくりできる朝だ。愛らしい仔猫又をたっぷりと愛《め》でられる。ふわふわの毛を満足のいくまで撫で、耳と耳の間や首ややわらかな肉球を揉る。

腹を出して眠る仔猫又を片手で抱き上げて、ピンク色の口にチュッと口づける。雪之丞は耳をピクピクと震わせたあと、ようやく目を開ける。ゆっくりと。

左右で色の違う金碧妖眼。眠気に潤んだ瞳《ひとみ》が数度パチパチと瞬《またた》いて、それからくああ…っと大欠伸《おおあくび》。

「爵也……？」

おはよう……と、むにゃむにゃ。

「……お腹《なか》すいた」

半ば寝ながら言う。爵也は小さく笑って、「なら、起きなさい」と指先で額をつつく。

人型にならないと人間の朝ご飯は食べられないぞ、と言うと、雪之丞はパチっと目を開けた。ぽんっと弾《はじ》ける音がして、仔猫又が幼子姿に変化する。

昨夜は行為のあとそのまま寝てしまったから、幼い身体《からだ》は素っ裸だ。その肌に艶《なまめ》かしい痕《あと》が所狭しとついているのは、なんとも淫靡《いんび》な光景だった。

少年愛趣味はないが、昨夜の妖艶な痴態を思い起こすには充分で、爵也は満足げに口角を上げる。

食事のまえにまずは風呂《ふろ》だな……と、幼子姿の雪之丞……いや、ユキを抱き上げてバスルームへ。

洗われるとわかった途端に、ユキは雪之丞……仔猫又姿へとまた変化した。このほうが簡単に済むと思っているようだ。

「うみゃみゃっ」

仔猫の耳に湯が入らないように注意しながら、小さな軀《からだ》を洗う。シャンプーの泡をすすぐと、小さな軀をぷるるるっと震わせて湯を切った。

それでも、長毛の仔猫は水濡《ぬ》れのみすぼらしい姿だ。

自分もザッと昨夜の汗を流して、仔猫を肩にバスタブに浸《つ》かる。「ユキ」と促すと、濡れネズミ……ならぬ濡れ猫又は、ぽんっと弾ける音とともに幼児姿に変化した。

小さな身体を膝《ひざ》にのせて、肩まで湯に浸からせる。妖怪が風邪をひくのか不明だが、猫耳がついていようが、二股に割れた尾がついていようが、見た目は幼児だから注意は必要だ。

「百まで数えて」

「ひゃく……？　えぇっと……」

いち、にい、さん……と、雪之丞が指を折って数を数えはじめる。そのつたない様子を微笑《ほほえ》ましく見守り、二十を超えたあたりで怪しくなってきたところで助け船を出してやる。

猫だったころには、そんなに多くの数を数えることなどなかったのだろうから、猫又になってから覚えたのだとすれば上出来だ。

逆上《のぼ》せかかって全身ピンク色に染まった小さな身体を抱いて湯から上がり、大判のバスタオルにくるんで丁寧に拭《ふ》いてやる。人の姿をしているときでも、雪之丞は猫が水滴を払うときのように、ぷるるっと首を震わせる。

プラチナブロンドに、長い睫毛《まつげ》に縁どられた大きな瞳が印象的な愛くるしい幼児姿には、たしかに人心を惑わす力がある。

そもそも猫は、自分が可愛いことをわかっていて、ときに甘え、ときにすまし顔で、飼い主や人間たちを操るのが上手《うま》い生き物だから、妖怪になったことでその気質はより濃く凝縮されているように感じられた。

軽くタオルドライして、ドライヤーを当ててやる。サラサラの銀髪がふわり……と空気を吸った。

「……ねむい……」

身体があったまったことでまたも睡魔にとらわれはじめたらしい。

「朝ご飯食べなくていいのか」と宥《なだ》めすかしながら、今日はウサギさん耳のついたピンク色のモコモコパーカーと短パンの上下を着せてやる。

爵也以外の人間に果たして見えているのかいないのか不明な猫耳と二股尾を隠すために選んだ恰好《かっこう》だが、そこらのキッズモデルなど足元にも及ばない愛らしさだ。

片腕に雪之丞を抱いてリビングダイニングへ。朝食の香りが漂ってきて、腕の中の雪之丞がピクリ！　と耳を反応させた。仔猫姿だったら、銀色のヒゲをひくひくさせているに違いない。

「おはようございます」

ベテラン動物看護士のサチは、主婦としてもベテランだ。もうずいぶんと長く、女手のない鑑《かがみ》家の台所を預かってくれている。

「おはようございます。あらあら、今日も可愛いらしいこと」

爵也にあいさつを返し、ウサギ耳つきモコモコパーカー姿の雪之丞に目を細める。

「今朝は厚焼き玉子のサンドイッチですよ」

焼きたてですからね、とサチが微笑む。

「玉子のサンドイッチ!?」

雪之丞が目を輝かせる。

「玉子のサンドイッチ好き！」

満面の笑みで返す雪之丞に、サチも満足げに頷《うなず》いた。

「リンゴと人参のジュースですよ」

毎朝、ジューサーで絞るフレッシュジュースは、甘くてフルーティーで、これも雪之丞のお気に入りだ。サチは雪之丞が可愛くてならない様子で、存分に甘やかしている。人間の子だと思い込んでいるのか、雪之丞の正体に気づいているのかは、定かではない。

たとえ雪之丞が妖怪だとわかっても、サチなら「あらまぁ」のひとことで済ませそうな気がする。肝っ玉かあさんは最強だ。

「ありがとう！」

人参のジュースも好き！　と、雪之丞が小さな手でグラスを抱える。倒さないように横から支えてやりながら、爵也もカップに注がれたコーヒーに手を伸ばす。

「今日はお布団を干しましょうね。パンパンって、できるかしら？」

「できるよ！　おてつだいする！」

サチに言いつけられたお手伝いに奮闘するのが、最近の雪之丞の日課だ。失敗しても、一日がかりでも、可愛いからそれでいい。必死な姿がいじらしいのだ。

「上手にできたら、お昼はオムライスにしましょうね」

「はぁい！」

商店街の洋食屋で口にして以来、ナポリタンとオムライスが雪之丞の大好物になった。店で食べる本格的な洋食も、サチのつくる家庭的な味も、雪之丞はどちらもお気に入りだ。爵也にとっても、少年のころから慣れ親しんだ味だ。

病院は予約制だから、急患が入らない限り、朝の時間をせかされることはない。

人間と同じく動物も、対処療法・対症療法より予防医学が重要だと考える爵也は、手前勝手に可愛がるだけの飼い主には容赦がないため、定期検診を受けさせもせず急病に驚いて駆け込んでくるような飼い主には厳しく飼い主失格の烙印《らくいん》を押す。

どうしようもない急病やケガもなかにはあるが、たいていは飼い主が注意深く観察していれば防げるものや早期発見が可能なものが大半だからだ。だから、爵也に注意された飼い主はたいてい、手前勝手な都合を主張するだけして二度目はこないから、《かがみアニマルクリニック》の日常はすごぶる平穏だった。

そんなわけでも今日も、爵也は幼児姿の雪之丞――ユキの世話を二匹のジャンガリアンハムスターに託し、診察をスタートさせた。


午前中、サチのお手伝いで日当たりのいい中庭に布団と病院で使うタオルを干し、「上手にできたわねぇ」と褒めてもらった雪之丞に、次いで与えられた仕事はジャンガリアンの錫《すず》と絹《きぬ》がケージから脱走しないように見張ることだった。

患者としてやってくる猫はまだしも、中庭に入り込んでくる野良猫たちの歯牙《しが》にかかる危険があるためだ。――が、好奇心旺盛《おうせい》なジャンガリアンたちは、自力で器用にケージを開け、外に出てきてしまう。

しかたないので、モコモコパーカーのポケットに錫と絹を入れて、サチのお手伝いをすることにした。

「乾いたタオルを畳みましょうね」

サチが取り込んでくれたタオルを縁側に積み上げて、一枚一枚畳んでいく。畳み方には決まりがあって、それは以前にサチに教えてもらった。

「こうして、こうして……」

教えられた畳み方を思い出しながら、雪之丞は懸命にタオルを畳む。ポケットから這《は》い出してきて肩によじ登ったジャンガリアンハムスターの錫が、「ぶきっちょだな」と吐き捨てた。

反対側の肩の上では、頬袋《ほおぶくろ》をパンパンにした絹が、口をもごもごさせている。ヒマワリの種は食べ過ぎてはいけないと爵也に言われているはずなのに。

「そう？　ダメ？」

錫に尋ねる。

「角に皺《しわ》が寄ってる」

直せと言われて、言われたとおりにする。

「こう？」

「逆側がずれた」

本当に不器用だなと罵《ののし》られながらも、懸命に綺麗《きれい》に畳む努力をする。

「えっと……こうかな？」

「まぁ、そんなもんだろ」

努力は買ってやると言われ、「手を休めるな」と錫に叱《しか》られながらタオルを畳む作業をつづける。

「おい、気を付けろ」

「……え？」

錫の忠告に首を巡らせると、うず高く積み上げたタオルがバランスを崩して、雪之丞の頭上から降り注いだ。

「わ……ぁっ！」

やわらかなタオルにうずもれて、雪之丞は小さな悲鳴を上げる。

「うわ……ぷっ」

「もう～、もこもこで眠くなっちゃうよぉ」

タオルの海で錫がもがき、のんびり屋の絹はお陽様《ひさま》の匂《にお》いを吸ったタオル埋もれて心地好さげに目を細めた。

「……ったく、ホントにどんくさいな！」

「ごめんね、錫、大丈夫？」

「ったく、窒息死するかと思ったぞ！」

「絹は？　……寝ちゃった？」

「ほっとけ」

返事のない絹を肩に戻すと、反対側の肩によじ登った錫が毒づく。

「やり直しじゃないか」

「へへ……」

呑気《のんき》に笑ってる場合か！　と錫の小さな前肢《まえあし》で頭をぺちっとされて、まったく痛くはないものの、雪之丞は、はたかれた場所をさすった。そして、タオルを畳み直しはじめる。

一連の様子を、患者を診察しながら爵也もサチも横目で確認しているのだが、ただひたすらに微笑ましいばかりなので、放置されている、というのが実のところだ。

ジャンガリアンたちと会話する雪之丞の声は、サチや患者の飼い主たちには、幼子がぬいぐるみや人形と会話しているのと同じに映るのだろうが、爵也にはジャンガリアンたちの声も理解できるから、なおのこと、微笑ましい以外にない。

そんなこととは露知らず、雪之丞は、ちゃんとお手伝いできないと役立たずの烙印を押されてしまう、と懸命だ。

病院は今日も予約でいっぱいで、爵也はもちろんサチも忙しい。手伝えることは少しでもお手伝いがしたい。

それに、サチのお手伝いをしている間は、この縁側の定位置から、診察する爵也の様子をうかがっていられる。

本当はもっと傍で見ていたいけれど、邪魔になってはいけないし、患者の動物たちに嫌な顔をされてしまう。

動物と会話できる特殊な能力をもつ爵也は、飼い主のみならず患者の動物たちにも人気だ。頓珍漢《とんちんかん》な診断を下す獣医も多いなか、爵也は絶対に間違わないと皆が皆、信頼を寄せている。

だから、仔猫と妖怪と人間の姿を使い分けて爵也の傍《そば》にいる雪之丞は、患者の動物たちの嫉妬《しっと》の的で、嫌味を言われることも多い。とくに本当に体調の悪い患者は神経が高ぶっているのもあって、そのイライラをぶつける対象にされることも多いのだ。

もちろん、そんな雪之丞を気遣ってくれる動物たちもいて、今診察台に乗っているアンゴラウサギのモコは、そうした仲良しのひとりだ。――が、飼い主はというと、完全に爵也狙《ねら》いのマダムで、モコが本当に体調を悪くして《かがみアニマルクリニック》にかかりに来ているところを、雪之丞は見たことがない。錫も絹も見たことがないという。

動物たちが健康なのはいいことだが、頻繁に健康診断に連れてこられるモコはストレスだろう。本当に体調が悪い動物たちの診察の邪魔にもなる。とはいえ、定期検診も動物たちの健康を守るために必要なことだから、迷惑だと面と向かって言うこともできないようで、あまりに頻繁な場合は、爵也がやんわりと諫《いさ》めていることもある。

『おしゃべりに来てるだけなのよ、うちのママ』

診察台の上で、アンゴラウサギのモコが長嘆を零《こぼ》す。

そんなモコを諫めるように、爵也がふわふわの毛並みを撫でる。

ペットと獣医との間で交わされている会話に気づくこともなく、飼い主のマダムは、どうやら今日の受診の一番の目的はここだったらしい……という話題を持ち出した。

「若先生、来月お誕生日ですわよね。ワインがいいかしら、それともブランデーとか？　お勧めのケーキもあるの！」

もはやモコの診察そっちのけで、そんな話をはじめる。一方爵也は、モコの軀を隅々までチェックして、健康体だと判断するやいなや、ニッコリと営業スマイルを飼い主に向けた。

「お気持ちだけいただいておきます」

雪之丞の肩の上で、錫が「ったく」と毒づく。意味がわからない雪之丞は、小首を傾《かし》げて診察室の様子をうかがうしかない。

すると今度は、ロングコートチワワの飼い主――やっぱり常連だ――が診察室に入ってきて、呆《あき》れ顔で飼い主を見上げる愛犬のもの言いたげな視線に気づきもせず、犬の診察とはまったく無関係と思われる話をはじめた。

「来月のことですけど、何がいいかしら。先生はなんでもお似合いになるから、選び甲斐があるわぁ」

ネクタイがいいかしら？　時計がいいかしら？　と、爵也の言葉も待たず、勝手に話をはじめる。

今日はなぜだか、朝からこんな飼い主が多い気がする。爵也目当ての飼い主が多いのはいつものことだけれど……。

「お気持ちだけいただいておきます」

二人目の飼い主にも、爵也は同じ言葉を返した。

ちなみにロングコートチワワは、耳掃除だけして帰っていった。

最後の患者は、大きなサイベリアン。大型の猫の一種で、艶やかな長毛が自慢だ。救急の場合以外《かがみアニマルクリニック》は完全予約制だから、待合室で待たされる時間は少ないはずなのに、すでに疲れ切った顔をしている。

『先生、毎年同じやり取り、つかれないか？』

猫として壮年の域に入る年齢の雄のサイベリアンは、『猫も人間も、雌が姦《かしま》しいのはどこも同じだな』なんて、達観したことを言う。

猫の言い分に爵也はクスリと笑って、「ねぇ、先生」と、予想どおりの話をはじめた飼い主に視線を向けた。

「今年はうちのお店でパーティをされたらいいわ！　パーティプランをはじめたの！　主人にサービスするように言っておきますから！」

どうやらサイベリアンの飼い主は、レストランオーナーのようだ。「特別なワインをプレゼントするわ」と、指にはめられた大粒の指輪を自慢するかのように手をひらひらさせる。あの手で抱っこされるたび、サイベリアンは怪我《けが》をさせられないかビクビクものだろう。

「お気持ちだけいただいておきます」

今度もまた、爵也が口にしたのは同じ言葉だった。

ちなみにサイベリアンは、爪切り《つめき》りをして帰っていった。

雪之丞の肩で、錫が「今日も平和だな」と欠伸をする。動物たちに大事がないのはいいことだ、と……。

「せんせい、すごうでなのに、ふるいがいがないね」

反対側の肩で、絹が頬袋にためたヒマワリの種をもごもごさせながら言う。せっかくの獣医としての腕を発揮する機会がないというのだ。

「それを平和って言うんだよ」

「ふうん」

　錫と絹の力の抜けたやりとりを耳の横で聞きながら、雪之丞は大きな瞳を瞬く、そして「ねぇ」と物知りな二匹に尋ねた。

「爵也、今日は朝から同じことしか言わないね」

　お気持ちだけいただいておきます、とニコリと返すばかりで、たしかに患者たちに特に所見はなく診察として問題はなさそうだけれど、雪之丞は聞いたことのない言葉だった。

「そりゃそうだろ。断りの常套句《じょうとうく》なんだから」

「じょうとうく？」

「お気持ちだけってことは、物はいらない、もらっても迷惑だ、って意味さ」

けど、それがわからない連中が、毎年解禁日までつくって、爵也にモーションをかけているのだと錫は呆れた口調で返した。

「かいきんび？」

「来月の爵也の誕生日まで、半月切ったからな。今日が解禁日だったんだろ」

まったく、どいつもこいつも……と、錫がくびれのない腰に小さな手を当てて長嘆した。

「誕生日って？」

　今度は聞いたことのある言葉だった。

　おじいさんとおばあさんと暮らしていたころに、聞いた気がする。

「生まれた日のことだ。人間の世界にはカレンダーってのがあるだろ。毎日に数字がついてるんだ。それで生まれた日を区別してるのさ」

「へぇ……」

錫は本当に物知りだなぁ……と感心していると、小さな前肢を伸ばして、診察室の壁を指さす。

「ほら、あの壁にかかってるのがカレンダーだ」

大き目の紙が束になっているものを指して言う。

それを見ながら、サチが今日は何日だとか、何曜日だとか、今月もあと少しだとか、独り言を呟《つぶや》いているのは、雪之丞も知っていた。亡くなったおじいさんとおばあさんも、似たようなことをよく口にしていたからだ。でも数字の意味とか、書かれている数字が色分けされている理由とかは、気にしたことがなかった。

「上に数字があるだろ？　あれが月、その下に並んでる数字が毎日を表してるんだ。十二カ月で季節が一周するようになっていて、一カ月は三十一日だったり三十日だったり二十八日だったりするのがややこしいんだ」

「……」

錫の説明に興がのってくる。雪之丞の脳みそはすでに許容量いっぱいいっぱいだ。

「理解してるか？」

「……うーん……」

「やめとけ、おまえの脳みそじゃ無理だ」

小さなネズミにそうまで言われる猫……猫又って……と、第三者が聞いていたら思っただろうが、幸いというかなんというか、この場に突っ込みを入れてくれる存在はなかった。反対側の肩に乗る絹は、突っ込み要員には不適当だった。

しょうがないな……と、錫は説明を諦《あきら》め、話の方向性を変えた。

「おまえ、自分の誕生日知ってるか？」

「……わかんない」

だって、生まれたあと、お母さんと兄弟とはぐれて、弱ってお腹が空《す》いて死にそうになっていたところをおじいさんに拾ってもらったから、生まれた日に数字があるなんて知らなかった。

「俺たちには誕生日があるぞ」

「そうなの!?」

すごーい！　と雪之丞が大きな目をキラキラさせると、口のなかでヒマワリの種をもごもごさせていた絹が、それをごっくんと飲み込んで、「先生が決めてくれたんだよ」と、のんびりとした口調で言った。

「決められるの？」

生まれた日を勝手に決めていいのだろうかと首を傾げる。

「俺たちがここへ来た経緯は教えただろ？」

そういう話じゃないんだよなぁ……と錫が意味深に言う。

「病院の前にケージごと捨てられたんだよね」

聞いたときは、ひどい話だと思った。けれど、爵也に拾われて、錫も絹も以前より幸せに暮らしていられるから、結果オーライともいえる。

言いにくそうに口にする雪之丞に、錫は頷きながら「気にするな」と返してくれた。

「そんな飼い主がペットの誕生日なんて気にすると思うか？　当然俺たちは誕生日なんて知らなかった。だから、爵也が決めてくれたんだ」

「ここに来た日が、ボクたちの誕生日なんだよ」

錫の説明を受けて、絹が「ねー」と嬉《うれ》しそうに言う。錫も自慢げだ。

「そうなんだ……」

頷いて、そしてハッとする。

「じゃあ、ボクの誕生日も、ここに来た日にしてもらえるのかな？」

「うーん、どうかな」

「ダメなの？」

「爵也がカルテを書くだろ？　あそこにちゃんと書き入れてもらわなくちゃな」

わからない場合は空欄になっているはずだと言う。

「先生のお誕生日をお祝いしたら？　そうしたらユキの誕生日もつくってくれるかもよ？」

絹がまたもパンパンに膨らんだ頬袋をもごもごさせながらそんなことを言った。

「爵也の誕生日？」

「それいいんじゃないか。飼い主たちからのプレゼントは軒並み断ってるけど、毎年サチからのは受け取ってるしな」

ほかにも、お祝いのカードやプレゼントが届くこともあって、近しい間柄の人物からのものなのか、それらは受け取っているという。

病院にくる患者の飼い主からは、受け取るといろいろと問題が生じる危険性もあって、全部断っているのだと錫が説明を加えた。

「お誕生日のプレゼント……」

なんだか素敵な響きだと雪之丞は思った。とってもキラキラして聞こえるフレーズだ。

「ねぇねぇ」

「ん？」

「なぁに？」

雪之丞の呼びかけに、左右の肩でジャンガリアン二匹が耳に顔を寄せてくる。

「僕、爵也にプレゼント贈りたい！　どうしたらいい？」

ろくろく洗濯物も畳めないやつが何を言い出したのかと、錫が思いっきり呆れた目を向ける。それをいなしてくれたのは、意外なことにも絹だった。

「いいねぇ、協力してあげようよぉ」

「おまえ、そんな簡単に……」

「だって、きっと先生よろこぶよ」

もごもごもご。そうしたらきっと、いつもよりたくさんヒマワリの種をくれるかも……と絹の目的は単純だった。

そういうことかよ……と錫が今度は相棒に呆れた視線を向ける。

だが、世話になっている爵也が喜ぶのなら、錫としてもやぶさかではない。たしかに錫の目にも、雪之丞は爵也にとって特別な存在に映っている。悔しいが、人型をとれる妖怪の強みだ。何より寿命の短い自分たちでは、長く爵也の傍にはいられないのだから、妖怪くらいがちょうどいいのかもしれないと、錫は賢い頭で考えた。

肩の上で試案するジャンガリアンを、雪之丞は祈るように見やる。

「わかった、協力してやる」

力強い返答を聞いて、雪之丞は「ありがとう！」と目を輝かせた。

二匹をぎゅむっと抱いて、「大好きだよ、ふたりとも〜」と頬ずりをする。

「く、くる…し……つぶれるわ！」

もがいても、小さなジャンガリアンたちにできる抵抗手段は限られる。

「……絹、また重くなった？」

ややしてそれに気づいた雪之丞が、広げた両掌の上に二匹を並べて乗せた。錫はぜぇぜぇと息を切らしているが、絹は「へへ」と笑うのみ。

真ん丸なジャンガリアンは、白い毛玉にしか見えない。

錫に横腹を蹴飛《けと》ばされても、まったく感じないのかころんっと転がって笑っている。

「早死にすんぞ！」

「俺より先に逝ったら許さないからな」

「わかってるよぉ」

錫が絹に厳しいのは、少しでも長く一緒にいたいからだと、雪之丞も理解している。その感情は、おじいさんとおばあさんが教えてくれた。大好きな人と少しでも長く一緒にいたい気持ちは、人間も動物も、そして妖怪も変わらない。

「錫は絹が大好きなんだよね」

雪之丞の言葉に、錫が「はぁ？」とキレる。そして、「そんなぁ」と照れる絹の後頭部を、前肢でペチリと叩《たた》いた。


爵也への誕生日プレゼントを何にするか、考えるのが雪之丞のひとまずのミッションになった。

自分で贈りたいものを考えなければ意味がないと、錫に助言されたためだ。

でも、誕生日プレゼントに何を贈ったらいいかなんてわからない。みんな何を贈るのかと錫に尋ねたら、花束や着るもの、身に着けるもの、食べるものなど、さまざまだと言われて、ますます混乱してしまう。

しばらく様子を見て決まらないようなら助け船を出してやると錫には言われているのだけれど、でもできれば自分で考えたい。

——どうしよう……。

爵也に何がほしいか聞いてみようか。でもそれじゃあ、絹が教えてくれたサプライズというのにならない。

こっそりと準備して驚かせることをサプライズといって、プレゼントを贈るときに重要なポイントなのだという。

うう～ん……と悩んでいたら、ふいに小さな身体が浮いた。

「何を唸《うな》ってるんだ？」

「爵也！」

仕事を終えた爵也が、幼児姿の雪之丞を抱き上げたのだ。

「おつかれさま！」

ぎゅむっとしがみつくと、大きな手が背中を撫でてくれる。猫姿のときに喉《のど》をゴロゴロしてもらうのも気持ちよくて大好きだけれど、人の姿のときにこうして抱きしめてもらうのも、雪之丞は大好きだった。

「おてつだい、できたよ！」

畳み終わった洗濯物が、縁側に積み上がっている。ジャンガリアン兄弟は、爵也に叱られる前に、さっさとケージに戻って何食わぬ顔。

それがわかっている爵也は、ケージを軽くつついて、「賢すぎだ、おまえたち」と苦笑する。

「ご飯を食べに行こうか」

「サチさんのごはんは？」

「今日は、社交ダンスの日なんだそうだ」

だから、診察時間が終わるなりサチは速攻で帰ったのだという。

「しゃこうだんす？」

なんだろう？　また雪之丞の脳みそに、知らない言葉がインプットされた。古い知識がこぼれてしまわないようにしなくては。

「何が食べたい？」

「ナポリタン！」

雪之丞の答えはひとつしかない。あの洋食屋さんの、大好物のナポリタンだ。

爵也は頷いて、今一度ケージ内の二匹に、「脱走するなよ」と言い聞かせ、病院を施錠する。敷地内に集う野良猫たちが、玄関先でふたりを見送った。

夕刻、商店街には買い物客があふれている。爵也を知る人々――主に女性だが、なかには男性もいるようだ――が、熱い視線を送るのは、超絶愛らしい幼子を腕に抱いた超イケメン獣医。隠し子がいようが、隠し子の母親の存在がチラつこうが、近隣住民の目の保養であることに違いはなく、一緒にでかけるといつもこうだ。

「若先生、今日も素敵……」

「ユキちゃん、ホント可愛いわぁ」

「うちの亭主ととりかえたい……」

そんな呟きや潜めたやり取りが、そこかしこから聞こえる。人型をしていても猫又妖怪の雪之丞の耳はいいから、聞こえてしまうのだ。

「いらっしゃい！　ユキちゃん、今日はウサギさんなのね」

通いつけの洋食屋ミソノで、シェフ夫人がニコニコと出迎えてくれる。奥から出てきた爵也の後輩だというシェフが、「いつもの席、空いてますよ」と角のテーブルに通してくれる。

「ユキちゃんは、いつものナポリタンかな？」

「大盛りでおねがいします！」

お子様ランチも魅力的だけれど、でもお皿に山盛りのナポリタンはもっと魅力的だ。

「若先生は、どうされます？　今日はイベリコ豚のいいのが入ってますけど。生ハムとサラミも」

イベリコ豚のロースは軽くソテーして、生ハムとサラミは同地域産のチーズとともに、とシェフが提案する。

「いいな。それをいただくよ」

「ワインはお任せいただいても？」

「もちろん」

爵也が頷いて、オーダー終了。ホールを担当する夫人が、テーブルセッティングをオーダーに合うものへと変更する。

「はい、ユキちゃんにはお気に入りのパイナップルジュース」

なみなみと黄色い液体の注がれたグラスが雪之丞のまえに置かれて、ストローがサーブされる。爵也のまえには、赤い液体の注がれたワイングラス。

「わぁ！　ありがとうございます！」

国産パイナップルを皮ごと絞っているというこだわりのジュースは、限定販売品らしく、このまえ来たときは品切れしていて、とても残念だったのだ。

「再入荷分をシェフが買い占めたのよ。ユキちゃんがいつきても飲めるように、って」

はじめてこの店に連れてきてもらったときに飲んで、あまりの美味《おい》しさにナポリタンともどもユキの大好物となったパイナップルジュースが、これからいつでも飲めると聞いて、雪之丞は目を輝かせる。

「さすがはシェフ、客の摑《つか》み方が上手い」

日を空けずに来店しろということか、と爵也が苦笑する。

「ここらのマダム人気を総取りしているイケメン獣医に言われてもね。ユキちゃんの超美人ママを見てもめげないマダムたちにも脱帽ですけど」

シェフ夫妻は、幼児姿の雪之丞を爵也の実子だと思っている。一方で、大人姿の雪之丞のことは、幼いユキちゃんの若くて超美人なママだと、こちらも勘違いしたままだが、ご近所を巻き込んだその誤解には、雪之丞のあずかり知らぬところで多分に爵也の計算があった。

「ママ……？」

雪之丞がきょとんっと大きな目を瞬いて小首を傾げるのを見て、爵也が「気にしなくていい」と、プラチナブロンドをくしゃりと撫でる。爵也の手が大好きな雪之丞は、くすぐったい……と首を竦《すく》めて笑った。

その人形のような愛らしさに、店内に居合わせた客たちも驚きとともに目を細める。

「お待たせしました、大盛りナポリタンです」

雪之丞のまえに、洋食メニューの定番のひとつが置かれて、フォークを握った雪之丞が口のまわりをケチャップだらけにしてそれを頬張りはじめると、店内に満ちていた空気が、微笑ましいものへと変化した。

そんな周囲の様子など、ナポリタンをまえにした雪之丞にとってはどうでもいいことで、美味しそうな湯気を上げる太麺《ふとめん》のパスタ……いやスパゲッティにフォークを刺し、くるくると懸命に巻きつける。

大きな一口でそれを頬張って、「おいしい！」と満面の笑みを浮かべた。常に口をもごもごさせている絹の気持ちがこのときばかりはわかる。猫又にも頬袋があったら、ヒマワリの種をため込む絹と同じように、自分もナポリタンを頬袋にため込んでいたかもしれない。

「ちゃんと噛《か》んでたべなさい」

喉に詰まらせるぞ、と爵也が口のまわりをお手拭《てふ》きで拭《ぬぐ》ってくれながら言う。その爵也のまえに、白い皿が二枚おかれて、厨房《ちゅうぼう》から皿を運んできたシェフが「イベリコ豚のソテーと生ハムの盛り合わせです」と説明をする。

ポークソテーには、クレソンのサラダが添えられていて、ソースは別添えになっている。シェフは生ハムの盛り合わせと言ったけれど、もう一枚の皿には、生ハムとサラミが数種類、おのおのに合うチーズとともに盛り付けられている。

洋食をアテにワインを数杯、というのが、この店を訪れたときの爵也の定番だ。ワイングラスを傾ける合間に、ナポリタンを頬張る雪之丞の世話を焼いてくれる。

「はい、可愛いユキちゃんにサービスだよ」

これもいつものこと。シェフがテーブルに届けてくれたのは、目玉焼きの載ったハンバーグだった。鉄板の上でじゅうじゅうと美味しそうな音を立てている。

「ありがとうございます！」

爵也に教えられたとおり礼を言って、それからナイフを入れる。まだ爵也のようには上手く使えないけれど、大きく切った一切れをフォークに刺して口元へ。火傷《やけど》をしないようにふぅふぅしてから頬張る。

「ユキちゃんは本当に美味しそうに食べるなぁ」

シェフがサービスしてくれるのは、爵也との先輩後輩の関係もあるが、それ以上に実に美味しそうに食べる雪之丞を見ているのが楽しい、という理由があるようだ。

「デザートもあるのよ」

夫人が出してくれたのは、手製の焼きプリン。これも雪之丞の好物だ。このお店のプリンが、一番おいしいと思う。

身体のサイズに似合わぬ量の食事を、雪之丞はペロリと平らげた。妖怪になってから、猫のころよりもお腹が減るような気がする。人型をしているときは何を食べても美味しいから、ついつい食べ過ぎてしまうのかもしれない。

雪之丞にパイナップルジュースのお替りを、爵也に食後のエスプレッソを届けにきた夫人が、「よろしければお持ちください」と、一枚のチラシを差し出してきた。

「パーティプランをはじめたんです。貸し切りでも、テーブルひとつでも大丈夫ですから、集まりにお使いください」

パソコンソフトで自作したのだというチラシは、店のメニュー表に雰囲気がよく似ていた。

「待合室の掲示板に貼《は》っておきますよ」

「ありがとうございます！」

夫人がよろしくお願いします、と頭を下げる。

人間の文字の全部はわからない雪之丞だけれど、テーブルに置かれたチラシに釘付《くぎづ》けになったのは、ひとつの単語を読み取ったから。

「お誕生日……」

チラシには、「誕生日のお祝いや同窓会など、ご相談ください」と書かれているのだが、雪之丞が理解できたのは、「誕生日」という単語のみだった。錫に教えてもらったばかりだからだ。

「ユキちゃんのお誕生日会にいかが？　シェフが腕によりをかけてお料理をつくるし、ケーキも特注でオーダーできるのよ」

ショートケーキでもチョコレートケーキでもアイスケーキもできるという。

「シェフがつくられるんですか？」

爵也が尋ねる。

「簡単なデザートはいつも私がつくるんですけど、バースデーケーキまでは難しそうなので、知り合いのパティシエに外注しようと思ってるんです」

通り向こうの……という夫人の説明で、爵也にはどこの店かわかったようだった。

「ああ、評判の……」

「シェフの友人なんです」

そのパティシエは、シェフの修業時代からの友人なのだという。

「海外での修行経験もあるとか？」

「ええ、派手に宣伝してないので知る人ぞ知るって感じですけど、本当に美味しいんですよ」

どのケーキもお勧めです、と夫人が太鼓判を捺す。爵也が「買って帰ろうか」と言うのを聞いて、雪之丞は「いいの!?」と目を輝かせた。

「若先生はユキちゃんに甘いんですね」

夫人が微笑まし気に言う。それを受けてシェフが「患者の飼い主には厳しいのに」と呆れた口調で肩を竦めた。

——誕生日のケーキ……。

ケーキなら、爵也へのサプライズプレゼントになるだろうか。あとで錫に訊《き》いてみよう。

食後、帰り道に立ち寄ったパティスリーは、雪之丞の目にはキラキラ輝く宝石箱に見えた。大粒のイチゴがのった定番のショートケーキも、つやつやにコーティングされたドーム型のチョコレートケーキも、層が美しいフランボワーズのムースも、雪之丞は見たことのないケーキばかり。

もちろんプリンもシュークリームもあって、ショーケースに張り付く雪之丞を見たシェフの友人だというパティシエが、「お話はうかがっています」と、お勧めだという大きなシュークリームをおまけしてくれた。

帰宅後、爵也が冷蔵庫にしまったケーキが気になって気になって、ほかのことが手につかない雪之丞の様子に折れて、「ひとつだけだぞ」とケーキの箱を開けてくれた。

「残りは明日、サチさんと一緒に食べるんだよ」

そう念押しされて、こくこくと頷いた。

ひとつだけ好きなのを選んでいいと言われたから、パティシエがおまけしてくれたシュークリームを選んだ。パティシエの気持ちが込められていると思ったからだ。

ケージを抜け出してきた錫と絹が、「シュークリームか」と、自分の軀より大きなスイーツを見やる。

「妖怪の胃袋は底なしだな」

夕食を食べてきたのだろう？　と言われて、「ぜんぶ美味しいんだもん」と、ズレた言葉を返す。

いくらでも食べられるよ、という意味だったのだが、錫は「たいした妖力も使ってないのに、どこへ消費されるんだ」と呆れた口調で呟いた。

「いいなぁ雪之丞は。人間姿のときは人間の食べ物が食べられるんだもんね」

絹が、相変わらず頬袋をぱんぱんしてもごもご言う。

動物は人間の食べ物を食べてはいけない、というのは爵也が徹底していることで、錫も絹も爵也やサチが口にするものを欲しがったりはしない。でも頭のいいジャンガリアン兄弟は、興味はあるようで、動物と人、どちらの経験もできる雪之丞を羨《うらや》ましいと言った。

「ねぇ、爵也の誕生日プレゼント、ケーキはどう？」

パティスリーのキラキラを思い出しながら、雪之丞は錫に尋ねる。いいことを思いついたと自信満々だったのに、錫の返答はつれなかった。

「ケーキは定番だぞ」

何を言ってるんだと呆れた口調で返される。「そうなの？」と、雪之丞は大きな瞳をさらに大きく見開いた。

「プレゼントに、花束とケーキを添えて渡すんだ」

サプライズのハードルが上がった。

「えぇっ!?　でもボク、そんなにいくつも用意できないよ」

お金だってもってないし……と肩を落とす。

ひとつなら、お手伝いをするたびにサチが貯金箱に落としてくれるお駄賃があるから、なんとかなると思ったのだけれど……。

「いくら貯まってるかわかってるのか？」

絶対に足りるはずがないと錫の目がますます呆れる。「わかんない」と返すと、妖力でなんとでもなるだろと返された。

「でも、それは人間をだますことだよね。いけないことだよね」

「くそ真面目《まじめ》な猫又だな」

「だって……」

いけないことをしたら、きっと爵也に叱られる。叱られるだけならまだしも、嫌われたら雪之丞はもう生きていけない。存在意義をなくして、きっと消えてしまう。

そして今回も、あっさりと解決策を示してくれたのは絹だった。

「じゃあさー、つくったらいいんじゃない？」

のんびりと言う。

「……つくる？」

雪之丞は、シュークリームを頬張りながら小首を傾げる。

「手作りのケーキなら、サプライズのプレゼントになるよねぇ」

それなら、ほかにプレゼントを用意する必要はないし、花は庭にいっぱい咲いていると言う。それを聞いた錫が、絹の丸い頭をペチリとはたいた。

「たまにはいいこと言うな！」

「えへへ……」

はたかれた頭を掻《か》きながら、絹が満足げに口を緩ませる。

「ケーキって、つくれるの？」

「ちゃんと習えばつくれるらしいぞ」

病院にやってくる誰かがそんなことを話していたと錫が言う。

「サチに教えてもらえば？」

絹が、ご飯つくれるんだからケーキもつくれるよ、と適当なことを言った。おやつもつくってくれるし、きっとできるに違いないと言われて、「たのんでみる！」と、やる気をみなぎらせたのだが、結果から言うと断られた。

翌日、爵也の目を盗んで、サチに「おねがいがあるの」と持ち掛けると、「どんなおねがいかしら」とサチは頷いてくれたのだが、「バースデーケーキの作り方を教えて」と言ったら、困った顔をして「難しいわねぇ」と言ったのだ。

「お誕生日のケーキといったら、ホールケーキでしょう？　プリンやクッキーくらいならなんとかなっても、ホールケーキは難しいわねぇ……飾りつけもできないし」

どうやら、誕生日のケーキというのは、サチがよくつくってくれるやつとはずいぶんと違うもののようだ。あのキラキラのスイーツの同類なのだから、きっとすごくキラキラしているに違いないと雪之丞は思う。

「このパティスリーで買ったケーキじゃダメなの？」

そういってサチが指さしたのは、昨日爵也が買ってくれたケーキの収められた箱だった。

とても美味しいし、やはりプロの手に勝るものはないだろうとサチが言う。

「デコレーションケーキは、素人には難しいのよ」

そういわれて、雪之丞はしゅん……と肩を落とした。爵也の目には、うなだれた耳とぺたりと落ちた二股尾が見えるだろうが、サチの目にどう映っているのかはいまだもって不明だ。サチは何も言わないけれど、サチの性格上、イコール見えていないと結論づけることはできない。

「一緒にパティスリーに行って、注文しましょう！　ね？」

サチはそう言ってくれるけれど、それだと手作りの特別なケーキにはならない。特別でサプライズなプレゼントでなければ、爵也に誕生日をつくってくださいとお願いできない。

雪之丞は、ふるるっと首を横に振った。

「お金の心配ならしなくていいのよ？」

「……いい」

それでは意味がないのだと訴える。

「そう……どこかで習えたらいいわねぇ……」

子どものお菓子教室を探してみようかしら……とサチが独り言を言う。雪之丞は大きな瞳をひとつ瞬いた。

――教えてもらう……？

大きな瞳がゆるり……と見開かれて、輝きを取り戻していく。

「そうか！」

あることを思いついた雪之丞は、サチとのティータイムで頬張っていたショートケーキを大きな二口で胃に収め、「お散歩してくる！」と、病院を飛び出した。

病院に出入りする野良猫たちがついてくる。雪之丞が爵也のもとで暮らすようになってから、近場ならひとりでの外出も許されるが、そのかわり野良猫たちをボディガードがわりに侍《はべ》らすようにと言われているのだが、雪之丞が何も言わずとも、野良猫たちは爵也のいいつけを守って、雪之丞がひとりのときは、かならず何匹かついてくる。

雪之丞は猫又で、野良猫にはない妖力を持っていて、よほど強いはずなのだが、どうにも押し出しが弱いためか、野良猫たちにも日々心配される始末だ。

「どこ行くんだ？」

チビのキジトラが横に並ぶ。

「ケーキ屋さん！」

返しながら、雪之丞の足は徐々に徐々に速くなっていく。

「ケーキ屋？　夕べ先生に連れてってもらったんだろ？」

なのにまた行くのか？　と訊かれて、「すっごく美味しかったから！」と返す。意味不明な返答に、キジトラは首を傾げて、それ以上は何も問わなかった。

妖怪の言うことは意味不明だと、その目が語っているが、雪之丞には届かない。

パティスリーの前まで走って、呼吸を整える間もなく、店に飛び込む。キジトラは、店の前で足を止めた。

猫嫌いの客からクレームが来ては申し訳ない。飲食店にむやみに入ってはいけないと、野良たちは爵也に教えられている。

「こんにちは！」

元気いっぱいに店の自動ドアをくぐった雪之丞を、昨日も応対してくれた、やさしい笑みの若い店主が出迎える。

「いらっしゃいませ。昨日はありがとうね、ユキちゃん」

ケーキたくさん買ってくれて、と目線を合わせて返してくれる。

「ケーキ、すっごく美味しかった！」

パティシエに飛びついて、感動を伝える。今日もパティスリー店内は、きらびやかで雪之丞には眩《まぶ》しすぎるくらいだ。

「ありがとう。そう言ってもらえると僕もうれしいよ」

柔和な笑みが印象的な、まだ若いパティシエは、飛びついてきた雪之丞を腕に受け止めてくれながらニッコリと微笑んだ。

「あのね、あの……」

「ん？」

「おねがいがあるの！」

雪之丞は、必死の形相で訴えた。

どうしてもどうしても成功させたいバースデーサプライズ。

もうこれ以外に、何も思いつかない。

だからお願い！

「おねがい？」

「あのね——」

身振り手振りをくわえての、幼いユキの必死の訴えに最初は驚いた顔をしていたパティシエだったけれど、雪之丞が興味本位に言っているわけではないと伝わったのか、途中から「うんうん」と頷きながら話を聞いてくれた。

「ユキちゃんは、若先生が大好きなんだね」

パティシエが微笑ましげに尋ねる。

「大好き！」

雪之丞の即答に、パティシエは満足げに頷いた。繊細そうな指の細い手を伸ばして、頭を撫でてくれる。

——いい匂い……。

パティシエからは、バニラビーンズの甘い香りがした。

2

最近、雪之丞の様子がおかしいことに、爵也は早々に気づいた。

以前は、遊んできなさいと言っても、サチのお手伝いをしながら——することがなくなったらねだって仕事をつくってもらってまで——ずっと縁側でジャンガリアンたちと戯れていたのが、最近は言いつけられたお手伝いを終わらせると、すぐにどこかへ消えてしまう。

野良猫たちはついているし、何より本体は妖怪なので、幼児誘拐などの心配はしていないが、急に様子が変わったのがいぶかしい。

だが、雪之丞の——この場合は幼いユキの、と言うべきかもしれないが——世界が広がったのだとすれば、それは喜ばしいことだ。

田舎で老夫妻に飼われていたころの猫の雪之丞に社交の場はなく、老夫妻との生活がすべてだったようだし、猫又になって爵也のもとへやってきてからも、妖怪化した自身にまだまだ戸惑っていたうえ、慣れない都会の生活で、引きこもりがちだった。

遊び相手といえば、妙に気が合っているらしいジャンガリアンハムスターの兄弟と、庭にやってくる野良猫たちくらい。

ジャンガリアンはともかく、野良猫たちとは若干微妙な関係性になっていることは爵也も気づいていて、雪之丞と仲良くしてやってくれと言ってはあるのだが、猫には猫の世界と縄張りがある。新参者が受け入れてもらえるまでには、それなりに時間が必要だ。しかも雪之丞は猫又で、猫たちにとっても異質な存在であることに違いはない。

それでも、爵也を慕ってやってくる野良猫たちのなかにもグループがあるようで、雪之丞を受け入れてくれる主に若い猫たちが何匹か。そうした猫たちに、雪之丞が外に出るときにはついて行ってくれるようにと依頼をしてある。

だから、どこへ行っているのかと、尋ねれば答えは返ってくるのだが、一律「公園」としか答えが返ってこないのはどうしたわけか。何か結託しているのか、あるいは言えないことなのか。

爵也が「ふうん？」と目を細めると、野良猫たちはサッと視線を逸《そ》らし、あるものは「縄張りを見回りに」、あるものは「おやつの時間だ」と、餌《えさ》をくれる人のところへそそくさ。

これは何かあると、思わないほうがおかしい。

何より、ジャンガリアンたち。

いつもなら、勝手にケージの蓋《ふた》を開けて出てきては、爵也に叱られているのに、ここしばらく雪之丞がいないときはおとなしくケージのなかにいる。まるで爵也にあれこれ突っ込まれたくないといわんばかりだ。

「おまえたち」

「……」

錫は寝たふり、絹は家の入口に尻《しり》を向けて、頰張ったヒマワリの種をもごもご。

おまえたちこそネズミの妖怪ではないのかとときどき問いたくなるほど妙に賢いジャンガリアンたちが――とくに錫が、爵也の言いたいことを理解していないわけがない。

「錫」

「……」

実にわかりやすく「むにゃむにゃ」なんて、寝言っぽい仕種《しぐさ》をしてみたりする。人間の創作物のなかでしか見ない寝たふり演技を、いったいどこで覚えてくるのか。

しょうがない……と諦めて、爵也はのぞきこんでいたケージから腰を上げた。

「絹、ヒマワリの種、食べ過ぎちゃダメだよ」

それ以上丸くなったら、いろいろ病気の心配も出てくる。

短い尾が、頷く代わりにぴるるっと震える。絹なりの返答だ。返事はいいのだが、頰袋に詰め込んだヒマワリの種を吐き出してくれないのでは意味がない。

エサ皿には一定量しか与えていないのだが、賢いジャンガリアンたちは餌の置き場所もわかってい て、欲望に忠実に口にする。以前、一袋まるまる消えたときに隠し場所を変えたのだが、消えた一袋はいまだ見つかっていない。いったいどこに隠したのか。

こんなに賢いジャンガリアン兄弟を、以前の飼い主は良くも捨てたものだと呆れる。これだけ賢ければ、爵也のように動物と言葉を交わせなくても、ある程度の意思の疎通がはかれただろうに。

とはいえ、端《はな》からそのつもりのない人間だったなら、動物の表情から言いたいことをくみ取るなどおよそ不可能で、買ったはいいが……というありがちパターンで捨てたのは、想像にたやすい。まったく嘆かわしいことだ。

「先生、次の方お呼びしてよろしいですか？」

爵也が診察した患者のカルテの整理をする時間をはかっていたサチが、受付から声をかけてくる。

ベテラン動物看護士の仕切りがなければ《かがみアニマルクリニック》の毎日はまわらない。先代のころからずっとそうだ。

そろそろサチに楽をさせてあげたいと思いながらも、サチ自身が働くことにやりがいを見出《みいだ》しているから、まだそのときではないと爵也は判断している。

「はい、おねがいします」

次の予約患者を診察室に入れてくれるように返して、朝一で届けられている予約表にしたがって、電子カルテを呼び出す。

「若先生！　お久しぶりになっちゃったわ！」

二週間前にも顔を見た気がする商店街で和装小物の店を経営する女性だ。実家は同じ商店街で呉服屋を営んでいて、そちらは実弟が継いでいる。店には保護猫が五匹いるが、どの子もおとなしく、高価な反物に爪を立てることもない。

その呉服屋の旦那《だんな》の出戻りの姉というのが、この女性だ。

腕に抱いているのは、やはり保護施設から引き取ってきたという巨大な老猫。育った環境なのかもしれないが、姉弟ともに動物に対する心がけは素晴らしい人物だ。

元の飼い主が、引っ越し先では飼えないからといって保護施設にあずけられたというブチ猫は、《かがみアニマルクリニック》に通いはじめた当初こそ、皮膚病は患っているは、関節に問題を抱えているは、お腹のなかは虫だらけだはで大変だったが、今ではすっかり健康体。体重が急増したのは去勢手術の影響で、本人はあまり気にしていないようだ。

『先生、最近やたらと餌にキャベツを混ぜたがるのをどうにかしてほしいんだが』

老猫が訴える。

ダイエットのために刻んだ茹で野菜をフードにくわえて水増しするというのは、犬の飼育においてはよく聞く話だが、猫はそもそも肉食だ。ダイエットさせたいのなら、きちんとカウンセリングをしなくては。

「先生、努力が実って、この子の体重、五〇〇グラム減ったんですよ」

嬉しそうに言う飼い主に、老猫が胡乱《うろん》な視線を向ける。ダイエットなんていいから美味《うま》いものを食わせてくれと、その目が訴えている。

「ダイエットも大切ですが、この子の場合、食べ過ぎが要因ではありませんから、年齢も年齢ですし、少し食について考えてみましょうか」

そうして、個体ごとに合う食の提案をする。多くの飼い主は、獣医に相談する場合もあるが、雑誌やノウハウ本、昨今ではインターネットのＳＮＳなどで教えられた方法をなんでも試しがちで、果たして合っているのか、必要なのかの見極めができていない場合がある。

「やっぱりダイエット食は美味しくないのかしら？　いや？」

眉尻《まゆじり》を下げて、老猫の顔をのぞくように表情をうかがう。ペットの声に耳を傾けようと言う姿勢は評価したい。

『毎日ハムが食べたいんだが……』

「塩分の強い練り物などは、腎臓の負担にもなるので避けたほうがいいでしょうし、それ以前に猫の食べ物ではありませんしね」

爵也の説明に、老猫が『そう言うなよ』とむくれる。

「やる気さえあるなら、手作りをする手もありますよ」

「猫のエサを手づくりするの？」

「人間が食べられないものを猫に与えるのって、考えたらオカシイと思いませんか？」

同じ材料で、あとは塩分に注意すればいいのだと簡単に説明する。詳しいことは、冊子を読むようにと渡した。レシピが知りたい場合は、サチの出番だ。

「ありがとうございます。やってみます」

飼い主として、爵也の評価は合格ラインだが、しかし……。

『先生、診察してるより、無駄話に付き合ってる時間のほうが長いんじゃないか』

老猫が、呆れた声音で笑う。

ぴるるっと震える耳を軽く引っ張ってやると、老猫は気持ちよさそうに目を細めた。

飼い主としてちゃんとしている人物であったとしても、どうしても妙齢の女性には爵也的にあまりありがたくない気質がついてまわる。女が三人寄って姦しいとは、なんとよく考えて作られた漢字だろうかと、妙なところに感心したくなる。

三人寄らなくても、大半の女性は姦しい。そして噂《うわさ》好きだ。

狭い町内のあれやこれやは、アンテナを張って情報収集するまでもない。患者を連れた飼い主の女性たちが、街のさまざまな情報をもたらしてくれる。

その中心に、突然隠し子の存在を露見させたイケメン獣医の存在があるのは自覚しているし、愛らしいユキが注目を集めているのもわかっている。爵也がそのように仕向けたのだから間違いない。

だからそろそろ、誰かが何かしらの情報を持ってやってくるだろうとは思っていた。診察台の上で、老猫はすっかり昼寝の体勢だ。時間がかかることがわかっているのだろう。

その肉付きのいい背を触診も兼ねて撫でながら、飼い主の女性の「ねぇ、先生」とはじまった世間話に耳を傾ける。

いつもなら、耳を傾けるふりをしているだけで一切聞いていないが、今日は違う。

『先生んとこの猫又、最近よく見ますよ』

老猫が大欠伸をしながらそんなことを言うからだ。

「先生のところのユキちゃん、あんなに小さいのにひとりでお使いですか？　危なくありません？」

あんなに可愛らしいと、誘拐や変質者の心配だってあるだろうにと女性が眉根を寄せる。

野良猫たちを護衛につけているし、何より中身は妖怪だと言うわけにもいかず、爵也は「防犯グッズを持たせていますから」と、わかりきった答弁のような言葉を返す。

「でも、公園はまだしも、商店街の向こうまでって、大通りも渡るし、危ないですよ」

「心配なんですが、自立心を育ててやりたくて。男の子ですし、ダメだと言われて萎縮《いしゅく》しているようでは……という気持ちもありますし」

「そうよねぇ。あんなに可愛くても、ユキちゃんは男の子だものねぇ。でも、最近は男の子でも危ないって聞きますよ」

そんな変態、雪之丞のまえに現れたら、手術用のメスで切り刻んでくれる、と思いながら、自分もあまり人のことを言えない立場にあることを、爵也は自覚していなかった。大人型の雪之丞しかベッドに引きずり込んでいないとはいえ、小さいユキも、仔猫の雪之丞も、みんな同じ猫又だ。

「怖いですね。催涙スプレーも持たせようかな」

「ブザーのいいのがあるんですって！　すっごい音で鳴るやつ」

「いいですね。探してみます」

爵也が話題に乗ってきたのを見て、女性が胸中でガッツポーズをしているのが目に見えるようだ。が、必要な情報以外、聞く耳は持たない。

「今度プレゼントしますよぉ。可愛いユキちゃんのためだもの。先生のお誕生日に――」

「――で、ユキをどこで見かけられたんですか？」

女性の話を半ば強引に戻して、話の方向を自分の望むほうに持っていく。

「……え？　あ、ああ……えっと、通り向こうのパティスリーの近くよ」

「パティスリー……」

このまえ行って、えらく感動していた店だ。

田舎で育った雪之丞にとって、美しくデコレーションされたケーキは珍しいもののようで、「キラキラしてる……」と、陶然としていた。

「あそこのケーキ、私も好きなんです！。とくにシュークリームがお勧め！　ユキちゃんもお好きかしら？　プリンも小さい子に人気なんですって。先生には、リキュールをたっぷり使った大人な味のチョコレートムースがいいんじゃないかしら！」

パティスリーの情報は、正直どうでもいい。……と思っていたが、耳にひっかかる情報がもたらされた。

「あそこのオーナーパティシエ、年齢不詳のイケメンなんですよー。そこそこの年齢だろうと思うんですけど、アイドルみたいなハニーフェイスで、いつも穏やかで、主婦人気高いんです」

なるほど。

「野良猫たちも懐いてるみたいですよ。お店の裏に餌場があって、いつも何匹か待ってるそうですし」

なるほど、いそいそとおやつの時間にでかけていった野良の行き先は、パティスリーだったのか。

「ケーキはどれも美味しいし、良心的な価格だし。……そうそう、オーダーのホールケーキはアレルギー対応してくれたり、イメージ画を描いてもっていくと可能な限り再現してくれたりするんですって」

勢い込んで話していた女性は、爵也の様子がいつもと違うことに気づいた様子で、「先生、どうなさいました？」と顔をのぞき込んでくる。

『若先生、あの猫又が心配になったんじゃないか』

老猫が、妙に鋭い指摘を寄越《よこ》した。さすがは老獪《ろうかい》。

「いえ、なんでも」

やさしいアイドル顔のイケメン。

自分とは正反対の存在だ。

自分もたしかに、動物と幼子にはやさしい自覚はあるが、庇護《ひご》を必要としない存在には容赦ない。

そういう意味で、雪之丞は一見庇護の対象でありながら、妖力や肉体的な強さという意味で庇護の対象ではないし、一方で妖《あやかし》であるがゆえに儚《はかな》い精神性は、庇護の対象以外のなにものでもない、という側面もある。

「先生は、あのお店、行かれたことあります？」

「先日うかがったのですが、そのときは、ユキがはしゃいでいたので、私はシェフとろくろくお話もできなかったんですよ」

なので、マスクの下の顔までは、気にしていなかった。

「あら、そうなの。歳《とし》も近そうに見えるし、仲良くできるんじゃないかしら」

「どうでしょうね」

雪之丞が絡むのなら、自分は寛容にはなれない。

いったい何をしにパティスリーに通い詰めているのか。ほかの場所での目撃証言が出てこなければ、雪之丞の行き先は絞られる。

「ユキちゃんのお誕生日ケーキ、そこでオーダーしたらいいんじゃないかしら。きっとどんな要求にもこたえてくださいますよ」

そんな言葉を置き土産に、老猫の飼い主は巨体を愛《いとお》し気に抱き上げて、診察室を出て行った。

『若先生、変な顔してるぞ』

ドアが閉まる直前、老猫が追い打ちをかけるものでしかない言葉を投下していく。

こういう頭の良すぎる個体には、絶対に猫又になってもらいたくないものだと、爵也は改めて思った。

雪之丞は、妖怪だけれど、ぽやっと抜けているから、害がないし、愛らしいのだ。

その日、夕方ごろに帰宅した雪之丞は、爵也と顔を合わせないようにしていると言わんばかりの様子で、まずは洗面所に駆け込んだ。

帰宅後は、うがいと手洗いを徹底するようにと、教えたのは爵也だ。動物病院という環境の問題はもちろん――動物病院で院内感染させるわけにはいかない――何より、幼い雪之丞の安全のためだ。

田舎で育った猫だから、都会のマンション育ちの猫にくらべたらずっと丈夫だろうが、昨今はそう割り切っているわけにもいかない事情がある。

綺麗に手を洗ってうがいをすませた雪之丞は、着ていたモコモコパーカーを脱いだ恰好で出てきた。

「どうした？」

「えっと……」

大きな瞳が泳いでいる。どうやら汚したのをとがめられると思って、洗面所に逃げ込み、そこに置かれていた洗濯機に、汚れた洋服を放《ほう》り込んだに違いない。その程度で証拠隠滅できたと思っている、そういう抜けたところが雪之丞は愛らしいのだ。

「こんな恰好で出てきて、風邪をひいたらどうする」

言い聞かせて、雪之丞に似合うだろうと買い集めた幼児服のなかから選んだものを着せてやる。

キュロットパンツにニーハイソックス、上にはフリルをあしらったパーカー。袖《そで》が長く、親指を通せるつくりになっているのがポイントだ。

長い銀髪を整えてやると、新しい洋服に目を見開いた雪之丞は、ぱぁぁ…っ！　と表情を綻《ほころ》ばせて、「ありがとう！」と首に飛びついてきた。

雪之丞の銀髪から、甘い匂い。

——バニラ……？

やはり、こんなに強く香りが移ってしまうほどに、あのパティスリーの店内にいたようだ。

「ユキ」

「なぁに？」

「どこまでお散歩に行ってきたんだい？　ずいぶんと時間がかかっていたようだけれど？」

野良猫たちも飽きたのか、先に戻ってきてしまっている。これではボディガードの意味がない。猫又とはいえ、隙を突かれれば、人間相手に不覚を取ることだってあるだろう。

「……ええ……っと……」

つぶらな瞳に動揺を過《よぎ》らせて、雪之丞が言いよどむ。

爵也の切れ長の瞳が、スーッと細められるのを見て、雪之丞はぽんっ！　と弾ける音とともに、仔猫姿へ変化した。

その姿の雪之丞相手に、爵也が絶対に無体をはたらかないとわかっていての所業だ。同じ理由から、最近めっきり、ベッドの上以外では、大人の姿を見ていない。ベッドに上がるときも幼児だったり仔猫だったりで、爵也が命じてようやく大人の姿になる。

「どこへ行く」

「うみゃっ」

たっと逃げようとした小さな軀をむんずと摑み、首根っこをつまんで顔の高さに掲げる。四肢をぷらんっと投げ出し、二股尾を巻いた仔猫又は、零れ落ちそうな大きな瞳を潤ませ、爵也を見やる。

まったく猫という生き物は……と、胸中で毒づきながらも、爵也は小さな軀を腕に抱いて、その背を撫でた。

「甘い匂いがするな」

「……っ」

「いったいどこで餌付《えづ》けされてきた？」

自分以外のいったい誰に、懐いてきたのかと低く問う。仔猫又はびくり……と背を震わせ、細い毛を粟立たせるものの、口を割らない。

「お、おさんぽ……公園で、みんなと遊んでたの」

雪之丞の言うみんなというのは、公園に住み着き、《かがみアニマルクリニック》に通ってくる野良猫たちのことだ。猫たちに仲間に入れてもらえるのが、雪之丞は嬉しくてしかたないのだ。

「食べ物の匂いだ」

「お散歩してたら、お菓子もらったの」

猫姿でも人型でも、もはや猫又だから、他の猫たちのように、人間の食べ物を口にしてはいけないとは教えていないが、他の猫たちが欲しがる危険があるから、極力もらわないようにしなさいと言いつけてはある。

その言いつけを破ったのを叱られると思って、口が重かったのだろうか。

――いや……。

やっぱりそれだけではない。

だが、ひとまず今日のところは、これ以上の追及はしないことにした。

「楽しかったか？」

小さな頭を撫でてやると、ゴロゴロと喉を鳴らしはじめる。

「う……ん」

心地好さそうに目を細め、小さな牙ののぞくピンク色の口をいっぱいに開けて、大きな欠伸をする。

仔猫姿だから、普通の仔猫のように眠る時間が長いのか、あるいは妖力の消耗によるものなのか、仔猫姿の雪之丞はよく眠る。

仔猫で猫又で愛くるしい幼児で、そしてベッドの上では妖艶な美青年で。まったく観察のしがいがある。

視線を感じて、足元を見やる。

いつの間にケージを抜け出してきたのか、ジャンガリアンの兄弟が、椅子《いす》の脚の陰から、様子をうかがっていた。

錫は隠れているが、絹の白く丸い軀がはみ出しているから、隠れても意味がないのだ。

爵也に見つかって、錫がギクリ……と小さな軀を震わせる。一方で絹は、いつもとかわらず呑気に頰袋をもごもごさせている。

何か気にかかることがあって、様子を見に来たのだろう。

「錫？　雪之丞に用かな？」

「べ、べつにっ」

ぷるるっと首を振って、隣の絹を蹴飛ばし、「帰るぞ」と医院のほうへ。

いたいよぉと、絹が間延びした声で返す。

「錫――？」

「雪之丞、遅かったから心配だったんでしょう？　でもあと少し――」

「しゃべんなバカッ」

錫の小さな前肢が、絹の後頭部――がどこか判然としないが――をペチリと叩く。

――あと少し？

なんのことだ？　と、腕の中ですやすやと眠る仔猫を見やる。

翌日、またも雪之丞は、早々にお手伝いを終わらせて、病院を抜け出した。戻ってきたのは、前日よりも遅い時間だった。

　洋食屋のシェフに紹介してもらったパティスリーは、毎日キラキラなケーキがいっぱい並んでいて、毎日甘くておいしそうな匂いに満たされている。

　バニラビーンズの香りだよ、と雪之丞がひとりで訪ねて行った最初の日に、パティシエが教えてくれた。

「爵也のためにケーキをつくりたいの！　教えてください！」

　そう言って頭を下げる、幼子の無茶ながらも懸命な姿に、驚いた顔を見せたパティシエは、ややして苦笑気味に長嘆して、「どんなケーキをつくりたいの？」と訊いてくれたのだ。

「おとなっぽい綺麗なの！　ろうそくをたてるの！」

「バースデーケーキだね」

　わかったよ、とやさしそうなパティシエは白い手を差し伸べてくれた。爵也と同じ人間の大人の男性だけれど、まとう空気は全然違う。ほんわかした空気を醸す人だ。

　やさしかったおじいさんとおばあさんを思い出す。

もちろん爵也は別格だけれど、雪之丞はすぐに甘いいい匂いとほんわかした空気をまとったパティシエが大好きになった。

ケーキづくりなどしたことのない雪之丞に、パティシエは適当なことは教えず、最初の日は横で見ているようにと言って、椅子を用意してくれた。目線の高さを確保するためだ。

二回目に行ったら、粉を測らせてくれた。三回目には、卵を割らせてくれた。四回目は生クリームを泡立てて、美味しい硬さを教えてくれた。

そうしてパティスリーに通いつめ、雪之丞はパティシエの魔法のような手元をあきることなく眺めた。

爵也に美味しいケーキをつくって、サプライズプレゼントをして、自分の誕生日をもらうのだと、何度も何度も心のなかで唱えながら。

お店の仕事をしながら、パティシエは嫌な顔ひとつすることなく、雪之丞の相手をしてくれる。

爵也の診察風景を眺めているのは楽しいけれど、ともすれば患者の飼い主の女性にすり寄られる光景を目にすることになって悔しい思いをすることになるし、ジャンガリアンたちと一緒にいられないのは寂しいけれど、爵也への言い訳はまかせろと言ってくれているから、留守は気にしなくていい。

だから雪之丞は、夢中になってケーキ作りを覚えた。できるところから手伝わせてもらって、失敗して、またチャレンジして……を繰り返した。

時間は限られている。

爵也のためのケーキ作りに割ける時間は、決して多くはない。知ったときにすでに半月を切っていたのだから、なかなかにハードスケジュールだ。

だからより夢中になった。

爵也に「長い散歩だったたな」と指摘されてギクリとしたけれど、うまくごまかせていただろうか。

そんなことを考えながらクリームを絞っていたら力を入れすぎて、びゅっと飛んでしまった。

「あぁぁ〜〜」

情けない声が漏れて、肩が落ちる。

「大丈夫？」

パティシエが自分の作業の手を止めて、傍らにきてくれる。

「……ごめんなさい」

また失敗しちゃった……と肩を落とす。雪之丞の頭の上では三角形の耳が、お尻では二本の尻っぽが、しゅんっとうなだれているのだけれど、パティシエには見えないようだ。

それでいい。

自分の本当の姿は、爵也だけが知ってくれていればそれでいいのだ。

「大丈夫だよ。これから直せるからね」

そういって、パティシエはヘラを取り出すと、魔法のような手つきで、よれた生クリームを綺麗に均《なら》してしまった。

「すごーい！」

「長くやってるからだよ。ユキちゃんも、何度かつくれば上手にできるようになるよ」

「ホント!?」

勢いよく答えたあとで、「でも……」と長い睫毛を伏せる。

「お誕生日に間に合わないかも……」

もう時間がないのに、このありさまじゃ……とうなだれる。

「大丈夫だよ。きっと上手にできるから」

何より、気持ちが込められていることが大事なんだよ、とパティシエは言う。

「贈りたい気持ちが大切なんだ」

そういうパティシエの横顔は、少しだけ寂しそうに見えた。

「さ、つづきやってみようか」

バースデーケーキは、あと少しのところまできている。もうひとふんばりだ。

「はぁい！」

黙々と作業をしているうちに、この日も遅い時間になってしまった。また爵也に叱られるかも……

と、時計を確認して雪之丞は慌てる。

「こんな時間まで、大丈夫だったかな？」

「うん」

平気、と雪之丞はパティシエに心配をかけないように頷いた。

帰って爵也が不機嫌だったら、また仔猫又姿に変化して、さっさと寝てしまおうと決める。仔猫姿になると、いつだって眠いから不思議だ。

「送ろうか？」とパティシエが気遣ってくれるのを、「爵也に見つかったらサプライズにならないから」と断ると、そのかわりにと、パティシエはタクシーを呼んでくれた。

ワンメーターですみませんと運転手に詫《わ》びて心づけを渡し、《かがみアニマルクリニック》の玄関先まで送ってくれるように運転手に頼んでくれる。

爵也に見つかりそうだったら、途中で妖力を使って運転手を操ればいいかと考え、タクシーに乗せてもらった。

帰り際、明日もよろしくお願いしますと頭を下げたら、パティシエは「がんばるねぇ」と頭を撫でてくれた。

「爵也に手作りのサプライズケーキ贈りたいもん！」

元気に返すと、「そっか」と微笑んで——でもちょっと寂しそうなのはどうしてだろう——がんばろうね！　と返してくれる。

「そんなに思われて、若先生は幸せ者だなぁ」としみじみ言われて、雪之丞は照れ臭くなった。

「へへ……」

爵也は喜んでくれるだろうか。

ケーキをつくりながら、それればかり考えている。

「顔に粉砂糖がついてるよ。サプライズなんだから、綺麗にしてから帰ろうね」

頬の汚れを拭ってくれて、「出来上がったケーキは、ちゃんと包装して届けるからね」と約束してくれた。

「ありがとう！」

満面の笑みで返して、タクシーの車窓から小さな手を目いっぱいに振る。

きっと爵也は喜んでくれる。

きっと自分にも誕生日をくれて、これから毎年一緒に過ごしてくれる。

おじいさんとおばあさんと過ごした時間以上に、ずっとずっと長く、今度こそ最後まで爵也と一緒にいたいのだ。

そのためなら、いくらだってがんばれる。

だって、人の想《おも》いを受けて猫又になった雪之丞は、想いを寄せてもらえなくなったら消えてしまうから。

誰の目にも映らない。それは死よりも怖いことだと、雪之丞は知っている。


そーっとドアを開けたあとで、猫又姿になって通り抜ければ物音を立てなくて済んだのに……と、自分の行いを悔いる。

妖怪のくせして、抜けているにもほどがある……と後悔したところで、案の定、見知った気配を間近に感じて、雪之丞は咄嗟《とっさ》に仔猫又姿に変化した。

「おかえり」

「た、ただいまっ」

驚いた拍子に、声が上ずってしまった。

「遅くなって……」

ごめんなさいとつづけるまえに、「どこへ行っていた」と低い声で遮られる。

「えっと……」

椅子の脚の陰から、ジャンガリアン兄弟が、はらはらした顔で様子をうかがっているのに気づいた。

錫が「バカっ、遅すぎるっ」と、声にならない声でわめいている。

爵也に心配をかけてしまったのだと察して、雪之丞は青くなった。

「ご、ごめんな…さ……」

「あのタクシーはどうしたんだ？」

どうやって乗った？　妖力を使って無賃乗車をしたのかと睨《にら》まれる。ふるるっと首を横に振った。

「そんなこと、してな……」

タクシー料金は、先にパティシエが支払ってくれた。

タダ乗りなんてしていない。それが人間の世界では犯罪であることも、雪之丞は知っている。

爵也の手が、仔猫又姿の雪之丞の首根っこをひょいっとつまむ。

急所を摑まれると、猫はもう身動きが取れない。されるがままだ。

目の高さに掲げられて、いつもならやさしい笑みを向けられる。でなければ、少し意地悪で、でも熱い視線を注いで、大人姿へ変化を促される。

でも今は、どのどちらでもない。

冷え切った視線が、雪之丞の小さな軀を貫く。硬直して、うまく言葉も紡げない。

「爵……也……？」

「甘い匂いだ」

こんなに匂いがしみつくまで、どこで何をしていたのかと問いただされる。

「……っ」

口ごもると、「言えないのか」とさらに追及された。

だって、サプライズじゃなくちゃ誕生日のプレゼントにならない。錫と絹がそう言った。だから絶対に本当のことは言えない。パティシエが、完成したケーキを届けてくれるまでは……。

口を引き結び、ふるるっと首を振る。

爵也の目がすーっと細められ、さらに鋭さを増す。

「昨日はあれ以上きかないでおいた」

爵也がゆっくりと言い含めるように言葉を紡ぐ。

「今日、自分の口で白状するのなら、何があっても不問にしていい」

「……何が、って……？」

爵也が何を考えているのか、雪之丞にはさっぱりわからなかった。

「俺より、やさしくてかいがいしくしてくれる、新しい飼い主を見つけたのか？　それとも――」

爵也の言葉を、雪之丞は理解できなかった。思考回路の処理能力の限界を超えてしまったような感覚で、理解が追い付かない。

――新しい飼い主？

爵也以外の？

ありえない……と思うのに、唇が戦慄《わなな》いて言葉を紡げない。

爵也しか、自分の本当の姿を見てくれないのだ。爵也以外に、心を寄せる存在なんてない。

おじいさんもおばあさんも、もうお空に逝ってしまった。寂しさと後悔に苛《さいな》まれて、気づけば尻尾が二股に割れていた。

そんな雪之丞を傍に置いてくれる人なんて、もはや爵也しかいないのに……。

「おまえたちはケージに戻れ」

足元のジャンガリアン兄弟に言い置いて、爵也は仔猫姿の雪之丞の首根っこを摑んだまま、自室へと足を向ける。

いつもなら、ひょいっとつまみあげられても、すぐに爵也は胸や肩にのせてくれて、やさしく撫でてくれる。なのに今は、四肢がふよふよと浮いた不安定な恰好のまま、物のように運ばれていく。

じわ……と、大きな瞳に涙が滲んだ。

爵也を怒らせてしまった。帰りが遅かったから？　行き先を言わずに外出したから？　ひとりでタクシーに乗ったから？

雪之丞には、爵也の憤りの根源がわからない。だからカタカタと小さく震えながら、おとなしくしているよりほかない。

爵也の自室は、つまりは雪之丞の寝室だ。夜は大人の人の姿で、爵也に腕枕をしてもらって眠る。温かくて大好きな場所だ。

なのに今、ベッドルームはひんやりしていて、雪之丞は背をぶるっと震わせた。

ぽいっと、ベッドに放られて、小さな軀がコロコロっと転がる。

猫のくせにうまく着地できずぺしゃっとへたってしまったのは、爵也の怒りの感情に触れて、軀が硬直しているためだ。

「変化を解け」

仔猫姿では話にならないという。

ぽんっと弾ける音とともに、幼児に変化した。見上げる爵也の表情が冷ややかさを増して、間違えたことに気づく。慌てて、いつもベッドの上ではこの姿でいるようにと言いつけられた、大人の人間の姿になった。

猫又本来の姿は成猫だから、そのまま変化すれば本当は青年姿になるはずで、本来この姿が雪之丞の本当の姿のはずなのだが、日ごろ幼児や仔猫の姿でいることが多いために、青年姿は夜だけのもののように、すでに雪之丞のなかにインプットされている。

ベッドの上で、爵也に気持ちよくしてもらうときの姿、という認識だ。

青年姿に、猫耳と二股尾。

ある意味非常に淫猥《いんわい》な姿で、雪之丞はベッドの上にへたり込む。そして、プラチナブロンドの隙間から、爵也を見上げた。

「爵也……ごめんなさい」

素直にごめんなさいしたのに、

「何をあやまっているのか、わかっていないだろう？」

冷たく返されて、耳がぺしゃりと折れる。

二股尾も、シーツの上に力なく垂れている。

「遅くなってごめんなさい。心配かけて……」

最後が尻すぼみになる。

爵也が長嘆を零して、呆れられたのだと察した。

「どこまで散歩に行っていたのか、と訊いている」

「……っ、それ…は……」

それだけは言えない。

だって、サプライズにならなくなる。

「俺よりやさしくてものわかりのいい飼い主が見つかったのなら、出ていけばいい」

「……っ！」

雪之丞は、懸命に首を横に振った。

違う、嫌だ、ここにいさせて！　と、言いたい言葉は山ほどあるのに、舌がもつれて言葉にならない。ただ必死に、首を横に振るだけだ。

「もう一度聞く。どこに行っていた？」

ぷるぷるぷる。

ぎゅううっ。

懸命に首を振り、シーツを握りしめる。

違うそうじゃないという訴えと、ここから追い出されないための、なけなしの抵抗だった。

「……っ、ふ……うっ……っ」

思ったことが言葉にならなくて、もどかしくて切なくて、雪之丞は喘《あえ》ぐ。ひくっと喉を喘がせたら、瞼《まぶた》の奥が熱くなって、涙がぽろぽろと零れた。

「違……っ、ボク……っ」

ここにいたいだけなのに。

爵也の傍に置いてほしいだけなのに。

それ以上を望んだのがいけなかったの？　妖怪の分際で図々しいって、神様が怒ったの？

だって、妖怪にならなくちゃ、おじいさんの最期をみとれなかったから。最期まで一緒にいるよって約束したのに、傍にいられなかったから。

なのに、妖怪になってみたら、誰も雪之丞を見てくれなかった。誰も気づいてくれなかった。爵也だけが、気づいてくれた。

「うえ……えっ」

えぐえぐと泣く雪之丞の痩身《そうしん》を、爵也がベッドに引き倒す。

着ているものを乱暴にはぎ取られて、素っ裸にされた。毎晩、爵也の腕の中で眠るときは素肌だけれど、今のは状況が全然違う。

「裸に剝《む》いても、猫姿なら脱出が可能か……」

そんなことを毒づいて、爵也ははぎ取った洋服をベッドの下に叩きつけた。

爵也が選んでくれたものなのに。

可愛いよ、って着せてくれたものなのに。

乱暴に扱われて、悲しくなる。まるで雪之丞自身を、もう用なしだと言われているように感じてしまう。

「や……だ、爵…也っ」

そんなことしないで、いつものやさしい爵也に戻って、と懇願する。

「勘違いするな。俺はごくごく限られた大切なもの以外どうでもいいと思っている、最低な男だ」

そんなことを吐き捨てて、上から雪之丞を睨み据えてくる。

——限られた？

そのなかに、自分は入っていないのだろうか。雪之丞の大きな瞳から、ボロボロと大粒の涙があふれる。

サチと錫と絹と……それから？　爵也の大切な存在って、誰？

そのなかに入れてほしくて、ずっと傍にいたくて、それだけだったのに、それすら許されないなら、やっぱりもう、猫又ですらいられない。

「そんなに泣いても、言えないことなのか？」

爵也が苦し気に眉根を寄せる。

「言うことを聞けないなら、どこへなりとも行けばいい」

新しい飼い主のところへ行けばいいと、吐き捨てられる。

「……っ!!」

あまりのショックに、雪之丞は四肢をこわばらせ、ガタガタと震えた。

「うえ……ぇっ、……ふっ」

やだやだやだ。

爵也の傍にいたい。

これからもずっと、今度こそ最期まで傍にいたい。

お手伝いもちゃんとする。爵也の許しなく勝手にどこへもいかない。だからどうか……。

半ばパニックに陥って、えぐえぐと泣きじゃくる。

痛々しい姿に、爵也は小さく毒づいて、手を伸ばすものの、雪之丞の肉体が条件反射でビクリと慄《おのの》いた。

「……っ」

その反応に、今度は爵也のほうが傷ついた顔をする。

どうして？　だって出ていけばいいって言ったのは、爵也のほうなのに。

「爵…也？」

涙に濡れた双眸《そうぼう》で見上げる。痛々しいなかにも艶《なま》めかしい姿に、爵也の眉間《みけん》にさらに深い渓谷が刻まれる。

ふいっと、視線を逸らされた。

そうしなければ、ただでさえ痛々しい姿をさらす雪之丞に、とんでもない無体をはたらきかねない男の葛藤《かっとう》など知らない雪之丞は、とうとう最後通牒《つうちょう》を突き付けられたのだと誤解した。

「……っ」

えぐっとひとつ喉を喘がせて、そして残った力を振り絞って、ぽんっ！　弾ける音とともに仔猫又に変化する。

いつもより力ない変化音は、心情の表れか。

「ユキ……？」

爵也が振り返ったときには、雪之丞の小さな軀は、ベッドからいずこかへと跳躍したあとだった。

こんな時ばかり強い妖力を発揮しなくても……と自分でも思うが、咄嗟の妖力のコントロールがうまくいかないのは、精神的に不安定だからだ。

どこへ跳躍したのかと思えば、パティスリーの前。

とっくに店の明かりの消えたケーキ屋のショーウインドーは、それでも雪之丞の目にキラキラと輝いて見える。

このきらめきを、爵也にプレゼントしたかった。

そっと店のドアをすり抜け、奥の工房へ。

明かりがついていて、パティシエが作業をしていた。作業台の片隅には、可愛らしくラッピングされたケーキの箱。

それを目にした途端に悲しくなって、すぐさま背を向けた。

「……？　いまなにか……？」

いたような気配が……？　と首を傾げるものの、やっぱりパティシエには妖怪としての雪之丞の姿は見えない。

　普通の猫のふりをする気力もなく、雪之丞は仔猫又姿のまま、とぼとぼと公園へ歩いた。

見覚えのある顔の野良猫たちが、集会を開いていた。

『今日はその姿なのか』

　一匹が興味薄げに言った。

『今のおまえは猫じゃない。仲間には入れられない』

「ボク、猫だよ。猫として、生きてた」

『でも今は、猫じゃない。猫又だ』

「……う……ん」

　そうだね……とうなだれる。顔見知りのキジトラがととっとやってきて、雪之丞と少し距離をとってお座りをした。

『その姿のおまえには、触れられないよ』

　毛づくろいもできないし、だから仲間にはなれないと言う。

『普通の猫の姿でいればいいだろ』

　それはそうだけれど、でも雪之丞は猫又なのだ。本当の姿を受け入れてもらいたいと望むのは、過ぎた望みなのだろうか。

「猫又でもいいって思ってもらえないと、いずれ消えちゃうんだ」

そう返して、公園に背を向ける。

やっぱり自分には、行き場所なんてない。

どうして猫又になったのだろう。天国でおじいさんがくるのを、先に逝ったおばあさんと一緒に待っていればそれでよかったのに。

欲が深すぎたのだ。

だから今、こんな報いを受けている。

大粒の涙をぼたぼたと落としながら、雪之丞はどこへともなく歩道を歩く。

街を一周しても、行き場所は見つからなかった。


雪之丞が消えたベッドを呆然《ぼうぜん》と見下ろしていたら、肩に軽い衝撃が当たった。

「先生、みそこなったぜ！」

「ぜ！」

ジャンガリアン兄弟が、突進してよじ登ってきたのだ。

左右の肩でピョンピョン跳ねて、小さな足を踏み鳴らし、爵也が悪いと訴える。

「バカバカっ！　あいつ、戻ってこなくても知らないぞ！」

「ぞ！」

錫の主張を復唱するだけの絹は、何を言っているか、果たしてわかっているのだろうか。だがひとつたしかなのは、この小さなネズミの兄弟が、捕食者であるはずの猫だった雪之丞を、いたく気に入って、気にかけているということだ。

「俺たちは、ずっと一緒にいてやれないんだからな！　あいつだけなんだからな！」

人間の寿命に付き合ってやれる動物はいないのだと訴える。

かならず先に逝くことになる。

多くの大切な想い出を残しながらも、でも寂しさはかならずある。

「あいつくらいだぞ、こんな顔ばっかりで中身はヘンクツでヘンタイな獣医とずっと一緒にいたいなんて言う酔狂なやつは！」

自分たちはもちろん、サチだってほぼ確実に爵也より先に逝くだろう。爵也にもはや家族はない。つくる気もなさそうだから、それがいいのかわるいのかは知らない。けれど、一匹……いやひとりくらい、ずっと傍にいる存在があってもいいのではないか。

「おまえたち、本当にネズミの妖怪じゃないのか？」

この小さな頭のどこにそんな頭脳が収められているのかと、なかば本気で爵也が呆れる。

「話を逸らすな！」

錫が、自分たちは正真正銘本物のジャンガリアンハムスターだと訴える。

「わかってるよ。ありがとう」

そして、「ごめんよ」と小さな二匹を掌に載せて、そっと撫でる。丸々とした絹は、ころころ転がって、本当に毛玉のようだ。その横で、錫が「つぶれる」と迷惑そうにしている。

「もういい。俺が全責任をとる！」

「……？」

「あいつ、ホントは――」

そのタイミングで、実に間抜けな機械音が、静かな屋敷に響いた。

来訪を告げるドアチャイムだ。これは病院の急患のものではなく、鑑家の通用口のもの。表玄関を閉めたあと、ご近所の人は用があればこちらの裏口を使う。回覧板かなにかだろうか。だったら適当に置いていってほしいのだが……。

舌打ちしつつも、いつもの凄腕《すごうで》獣医の顔をつくって、錫と絹をポケットに押し込み、爵也は応対に出た。

ドアを開けると、見知った人物が、大き目の紙袋を手に立っている。例のパティスリーのオーナーパティシエだった。あのあと、他の患者の飼い主からも評判を聞いて、確認したから間違いない。

「なんでしょうか。ユキなら……」

「夜分遅くに申し訳ありません。これ、ユキちゃんからのお届け物です」

「……？　どうして？」

どうしてあなたが？　と尋ねたつもりだったが、相手は違う意味に受け取ったようだった。

「ユキちゃんはいらっしゃいますか？　こんな時間で申し訳ないのですが、できれば直接謝りたくて……ご指定の日にお届けできなくなってしまったものですから」

「……指定の日？」

「若先生の誕生日です」

「……」

しばしぽかんとして、そして差し出された店名ロゴの刷り込まれた紙袋を受け取る。

「ユキは今ちょっと……」

言葉を濁すと、寝てしまったとでも思ったのか、パティシエは「そうですか」と微笑んで、ここの所の雪之丞の行動の理由をすべて暴露したといっていい説明を口にした。

「若先生のお誕生日に届ける約束で、頑張って一緒にケーキをつくったんですが、すみません、急に店を休まなくてはいけなくなってしまったんです」

深々と頭を下げるパティシエに何があったのかと尋ねると、離婚した元妻に引き取られている息子が入院してしまい、元妻ひとりでは大変なので、一週間ほど店を閉めて看病に行くのだという。

「中学生にもなって自転車で転んで骨折だなんて……まったく誰に似たのやら」

自分はごらんのとおりおっとりで、運動なんてさっぱりだったんですけど……と笑う童顔の目尻にいくらかの笑い皺を認めて、自分より年下だとばかり思っていたパティシエの実年齢が大きく予測とずれていたことを理解する。

アラフォーか、もう少し上だろうか。

息子が中学生なのだとすれば、幼子の雪之丞は、離れて暮らすわが子の幼い時分を思い出して、ただただ愛くるしいばかりだったろう。

雪之丞が懐くのもわかる。彼から滲み出る、これは父性だ。

「そういうことでしたか」

はー…っと長嘆すると、パティシエは「どうかなさいましたか？」と小首を傾げる。そして「あ！」と声を上げた。

「ユキちゃんの帰りが遅かったから叱っちゃったんじゃないですか？」

若い父親を諭すような口調だった。雪之丞は拗《す》ねてベッドにでももぐり込んで出てこないのだろうと、的外れと言っていいのか、ある意味間違ってないと言っていいのか、判断に困る指摘を寄越す。

「いえ、僕こそすみませんでした。ユキちゃんがサプライズにこだわるものだから、絶対内緒だっていうので、そうしたんですけど、でもやっぱり遅くなるときはご連絡するべきでしたね」

タクシーにひとりで乗せたのも、やっぱりよくなかったなあ……と詫びられて、爵也は恐縮した。

幼子姿だろうが中身は妖怪だからなんて言っていた自分とは、えらい違いだ。パティシエはユキを見た目通りの幼子だと思っているのだから心配するのは当然だが、このやさしさに、雪之丞は惹《ひ》かれたのかもしれない。

「ありがとうございました。息子さん、お大事になさってください」

獣医の自分には何もできないが……と付け足すと、「ユキちゃんの気持ち、受け止めてあげてくださいね」と、先輩パパの顔で言われた。

世間では、小さなユキは爵也の隠し子だと思われているのだからそれもしょうがない。

多少の罪悪感を覚えながらも、爵也は礼を尽くして息子の入院している病院にむかうというパティシエを見送った。病院の門のところで、スーツケースを乗せたタクシーが、客が戻るのを待っていた。

どうやら連絡をうけてすぐに、必要なものだけもって、タクシーを呼んだらしい。

「ユキのお菓子教室代、きちんと請求してください」

タクシーの窓を指で軽く叩いて言うと、パティシエは「僕も癒《いや》されましたから」と笑って、「じゃあ材料費だけ」と返してきた。

そういうわけにはいかないが、急ぐ彼をこれ以上引き留める道理もない。ひとまず頷いておくことにした。

リビングダイニングに戻ると、ポケットから錫と絹が顔を出した。ケーキの箱に駆け寄って、くんくんと匂いを嗅《か》ぐ。

「お酒の匂いがするぞ」

「おさけのケーキ？」

たしかに、かすかにブランデーの香りがする。ずいぶんと背伸びしたケーキをつくったようだ。

だが箱を開ける前に、肝心の主役を連れ戻さなくては。

「こら、箱を開けるのは雪之丞が戻ってからだ」

中が見たくてしょうがないという様子のジャンガリアンたちをおとなしくさせて、爵也は準備にとりかかる。

「すぐに探しにいかないのか？」

キッチンでガサゴソとやりはじめた爵也を見て、錫が不服げに言った。

「雪之丞の行動範囲は限られているからね」

それに、近い場所にいるのを感じる。雪之丞が爵也のもとにやってきてからずっと、傍らにある気配だ。雪之丞が特別なのか、妖怪特有のものなのかはわからないが、そのエネルギーの波動のようなものを、近くに感じる。

「ろくすっぽ家出もできないのか」

錫が「やれやれだ……」とオーバーリアクションぎみにため息をつく。

妖怪なら、どこへでも飛んでいけるだろうに、と呆れた口調で言うものの、その声には安堵《あんど》が滲んでいた。


とぼとぼと、どれほど歩いただろう。結局また見慣れた景色の場所に戻ってきてしまって、雪之丞はため息をつく。

公園を塒《ねぐら》にする野良猫たちも、またか……という表情だ。

『おまえもう、先生んとこ帰れよ』

キジトラが忠言してくれる。

「……もう、帰れないんだ」

ぼそぼそと返すと、『そんなことないだろ』と怒ったように言われる。『おまえは、俺たちとは違うんだからさ』と……。

『はやく帰らないと、本当に俺が先生とっちゃうぞ！』

いいのか！　と脅されても、雪之丞には返す言葉がない。

「やだけど……」

でももう、傍に置いてもらえないから、せめて近くにいたいと思うのは、いけないことだろうか。

キジトラが、何かに気づいて、顔をあげる。そして、雪之丞に背を向けた。さっさと消えろというように、尾を振る。一本の、普通の尾だ。

「ユキ！」

――……え？

聞き覚えのある、待ち望んだ声が雪之丞を呼んだ。

「帰るぞ」

あたりまえのように言って、硬直して動けないでいる雪之丞の首根っこを、ひょいっとつまみ上げる。

四肢がぷらんっと投げ出される。また物のように運ばれるのかと耳を伏せたら、今度は広い胸にちゃんと抱っこしてくれた。

それだけでもう、雪之丞は涙目だ。

「……っ、爵…也っ、爵也……っ」

えぐえぐと泣いて、ぎゅううっと爪でしがみつく。

「そ…ばにいさせ、て……なんでもする、から……いい子にする、からっ」

お願いしますと泣きじゃくる。胸でおいおいと泣く仔猫を、爵也は大きな手でやさしくやさしく撫でながら、「帰ろう」と踵《きびす》を返した。

泣き疲れたころには、鑑邸に帰り着いていた。

リビングダイニングに連れていかれて、そこがいつもより明るいことに気づく。

テーブルの上に錫と絹を認めて目を丸くすると、爵也が「今日だけは特別だ」と言った。その周囲、テーブルいっぱいに、グラスやらお皿やらが所せましと並べられている。どれも豪華なごちそうばかりだ。

ダイニングテーブルの様子を目を真ん丸くして見やる雪之丞に、ジャンガリアン兄弟がテーブルの上をたたたっと駆け寄ってくる。

「おかえり〜」

絹がのんびりと言う。

「ひでぇ顔だな」

毒づきながらも、錫の目が真っ赤に腫《は》れているのを見て、雪之丞はまた泣きたくなった。心配してくれたのだ。

「ただい、ま……」

ただいまと返すまえに、それに気づいた。ケーキの箱。

「パティシエが届けてくれた」と爵也に状況を説明されて、どうして爵也が迎えに来てくれたのかを理解する。

そして、「すまなかった」と詫びてくれた。

だがその舌の根も乾かないうちに、「ユキが悪い」と言われる。どうして？　とつぶらな瞳を瞬くと、いきなり巣立ちしようとするからだと言われて首を傾げる。

「わからないか？」

「わかんないっ」

仔猫姿で爵也にすがって、額を頬にぐりぐりとする。小さな軀を受け止めて、爵也はちゅっとピンク色の口にキスをしてくれた。

ぽんっ！　と弾ける音とともに、雪之丞は人型に変化する。今日は特別、青年姿に。

広い胸にぎゅうっと抱きしめられて、またも涙が滲む。それ以上泣いたら瞼が腫れると言われても、とまらないものはしょうがない。

大きな手に白い頬を撫でられ、唇を啄《ついば》まれる。深く求めるかわりに、何度も何度も、じれったく感じるほどに触れられた。

そのまま抱き上げられて、寝室に運ばれるのかと思いきや、ダイニングテーブルに座らされる。

爵也の意図を察して、雪之丞はテーブルの真ん中に置かれた箱に手を伸ばした。サイドに店名ロゴが刷り込まれているだけの、どこにでもあるホールケーキ用の箱だ。

箱を開けると、なかには見覚えのあるものが。細長く小洒落《こじゃれ》たデザインの蠟燭《ろうそく》は、雪之丞のリクエストでパティシエが入れてくれたものだ。

一見白い生クリームに覆われただけのケーキに見えるが、なかには洋酒をたっぷりと吸ったスポンジとムースが層になっていて、そのまわりを、こちらも洋酒の風味をたっぷりと利かせた濃厚なクリームで覆った、大人な味のケーキに仕上がっている。

家庭の照明下では普通の生クリームに見えるかもしれないが、よく見ると少し褐色がかっていて、ただのクリームではないことがわかる。

ケーキ作りなどしたことがないと言った雪之丞のリクエストにこたえつつ、見栄えはいいけれど、それほど難しい技術を要さないデコレーションが可能なケーキを、パティシエが考えてくれたのだ。

ＨａｐｐｙＢｉｒｔｈｄａｙのプレートはちゃんと手作りで、こちらはクッキー生地にアイシングで描かれている。土台のクッキーも、雪之丞が自分で焼いた。並べて焼いたパティシエ作のものに比べたら歪《ゆが》んでいて不格好に見えたけれど、でもそれが今の雪之丞の精いっぱいだから、それでいいとパティシエも言ってくれた。努力の過程こそを、きっと爵也は評価してくれると言って。

「これ、本当は爵也の誕生日にプレゼントしたくて……」

何かを買って贈れるお金もないし、あげられるものなんて何も持ってないし。でも、手作りのケーキなら、つくれるんじゃないかと思ったのだ。

「これをつくるために、あの店に通っていたのか」

「黙っててごめんなさい。でも錫と絹が、サプライズじゃないとプレゼントにならないって言うから……」

あの二匹が？　と、爵也がテーブルに視線を落とすと、二匹はちゃっかりごちそうのなかから食べられるナッツや野菜を見繕ってめいっぱい抱え、ケージに逃走を図ったあとだった。点々と持ちきれなかった餌が落ちているからわかる。犯人はきっと絹だろう。

「……」

あいつら……と、爵也が苦笑する。

ジャンガリアン兄弟が余計な入れ知恵をしなければ大事になっていなかったわけだが、彼らは彼らなりにふたりのことを案じてくれたわけで、叱るのも申し訳ない。

「ありがとう。嬉しいよ」

とても美味しそうだと、今度は額にキスをくれる。

「ホント!?」

よかったぁ…と、雪之丞はこの日はじめて心からの笑みを見せた。

「どうしてそこまでがんばったんだ？」

ただお祝いをしたかっただけではないだろうと、爵也が言う。雪之丞は驚いて、それから所在なさげに「あの……」と口ごもった。

「ボクもお誕生日、ほしくて」

「……？　誕生日？」

「先生のお誕生日の話してたときに、錫と絹が、先生からお誕生日をもらったって言ってて……僕も気づいたらお母さんと兄弟とはぐれて、死にそうになってたところをおじいさんに拾ってもらったから、誕生日なんて知らなくて、だから……」

爵也のお祝いをうまくできて、爵也を喜ばせることができたら、自分にも誕生日をつくってもらえるかもしれないと思ったのだと正直に吐露する。

「あいつらにそういわれたのか？」

そんな話をしたのは錫と絹だろう？　と言われて、雪之丞はコクリと頷く。

たしかに、ケージごと二匹が捨てられていた日を、カルテに誕生日として書き入れた。それほど深い意味があったわけではなかったのだが、錫と絹はいたく喜んで、誕生日にはヒマワリの種を二倍にする約束を勝手にとりつけていた。もちろん爵也は頷いていない。

ジャンガリアン兄弟にとって、誕生日は飼い主から与えられる愛情のバロメーターのようなものに思えたのだろう。

自分たちが捨てられたことを自覚しているのだからなおさらだ。

だから少し自慢したかったに違いない。けれど、雪之丞が素直に羨ましがるから、同じ喜びをわけてやりたいと思ったのだろう。

爵也はそう結論づけて、「誕生日がほしかったのか？」と、雪之丞の細腰を抱き寄せる。訊かれた雪之丞はというと、勢い込んで「ほしい！」と爵也の胸倉に摑みかかる勢いで訴えた。

「あるぞ」

「……へ？」

なんとも軽く返された言葉に、雪之丞はぽかんとする。

「ユキの誕生日は、もう決まってる」

仔猫だと思って雪之丞の保護したときに作ったカルテに、すでに雪之丞の誕生日は書き入れられているという。

「……うそ？」

思わず呟くと、嘘《うそ》を言ってどうする？　と爵也に笑われた。

「雪之丞の誕生日は、俺のもとに来た日だ」

「……っ」

雪之丞は長い睫毛を瞬いて、「本当に？」と再度尋ねる。

「獣医などはいて捨てるほどいるが、妖怪を拾った経験のある獣医は、ほかにはいないだろう」

稀有《けう》な経験をした日だ、と笑う。

「あの日、雪之丞は生まれ変わったんだ」

おじいさんのために猫又になって、でも他の誰にも見てもらえなくて、悲しくて悲しくて流離《さすら》って、
ようやく爵也にたどり着いた。

爵也に保護された日、雪之丞は猫又として新たな生を受けたのだ。

「だから、来年のその日には、盛大にパーティをしようと思っていた」

サチとも、もうその話をしていたのだという。

「……っ」

じわり……と大きな瞳に涙が滲む。

「あまり泣くと美人が台無しだ。明日瞼があかなくなるぞ」

笑いながら涙を拭われて、雪之丞は「だって」と口を尖《とが》らせた。

ぐぅぅきゅるる……っ。

なんとも絶妙なタイミングで、雪之丞のお腹が鳴る。

「……お腹空いた」

「……っ、ごはんにしようか」

さすがの爵也も笑いをこらえきれず、苦し気に腹筋を戦慄かせながら、雪之丞にフォークとナイフを握らせた。

特製のケーキは最後のお楽しみにするとして、料理は雪之丞のがんばりへの御褒美として用意したものだから、全部雪之丞の胃袋に消えていい。

今日は妖力も相当消耗したから、このくらいの量はあっという間に胃に収めてしまうだろう。

爵也の誕生日を祝うためのケーキにからむひと騒動だったのだが、蓋を開けてみればごちそうにありついているのは雪之丞のほう。この着地点の矛盾に、この場に錫がいれば突っ込みのひとつも入れたのだろうが、あいにくと錫も絹も、早々にケージでごちそうにありついているから、この場にいない。

突っ込み役のいない空間は、ただひたすらに甘い流れに取り込まれるよりほかない。それでも結果的に、プレゼントをもらったのは爵也だった。

洋酒の利いたクリームは、たしかに大人の味だが、いかんせん洋酒の量が多すぎた。

よくわかっていない雪之丞が、多いほうがいいだろうと、パティシエに教えられた量をかなりオーバーして加えたためで、爵也は問題なかったが、おすそ分けと称して、大半を平らげた雪之丞がただではすまなかった。

「たーかーやー」

スポンジにしみ込んだ洋酒で真っ赤になった雪之丞が、ぐでんぐでんになった痩身を爵也の腕にあずけてくる。

そもそも度数の高いブランデーを使っているのもあるが、ようは耐性がなかったのだ。

猫がアルコールを口にするわけもなく、妖怪になって日も浅い雪之丞は、妖者《あやかし》として酒をたしなむ習慣もない。

「いったいどれだけブランデーを入れたんだ？」

たしかに箱の外まで匂っていたけれど、これほどとは……と、爵也は呆れるのも通りこして苦笑するよりほかない。

ケーキの作り方など知らないが、あまりに多く加えることはできないのではないか。きっと焼き上がりに影響するような気がする。焼いたあとで染み込ませたのだろうか。保存が利くメリットはあるのだろうが、ものには限度というものがある。

「いーっぱい！　爵也に合う味にしたの！」

妖艶な美青年が、アルコールの影響でとろんっと潤んだ瞳で上目遣いに見上げてくる。腕のなかには高い体温。触れる肌。

これ以上の据え膳《ぜん》はないだろう。

まさか雪之丞に、プレゼントは僕、などという使い古されたネタに落とすつもりがあったとは思えないし、ジャンガリアンたちも同様だ。いくら物知りなネズミたちでも、そういったことに関する知識は薄いはずだ。

だからこの状況は、完全な偶然の産物でしかない。

だがそれでも、爵也的に僥倖《ぎょうこう》以外の何ものでもない。

「ユキ……雪之丞、ベッドに行こうか」

「う……ん、いく！」

爵也の首にしなやかな腕を巻きつけて甘える。

この姿のときは、爵也の言葉に従いながらも、どこか猫らしい気質というか、妖怪ゆえのものなのか、いつもは気位の高さが垣間《かいま》見えるのだが、今日はただただ甘えるばかり。

抱き上げた華奢《きゃしゃ》な痩身をそっとベッドに横たえると、少しでも離れるのはいやだというように、細い腕が縋《すが》りついてくる。

「こら、じゃれるな」

こういうところも、猫らしい。

じゃれて甘えて、かといってあまりに構うと、今度はうっとおしいと言わんばかりにそっぽを向く。だからといって放置すると、どうして放っておくのかと臍を曲げる。

面倒《めんどう》くさくて、でも愛しい。それを可愛いと表現するのか。

雪之丞の抜けるように白い肌が、間接照明も灯していない薄暗い寝室に、ぽうっと発光するかのように浮き上がる。

二股に割れた尾が、ご機嫌と不安との間で揺れている。絡るように、爵也の腕にするり……と巻き付いてくる。

それに邪魔されて、爵也は着ているものをなかなか脱ぐことができない。どうにかこうにか酔っ払いを宥めて、シャツを脱ぎ捨てた。

素肌でのふれあいを求めるかのように、雪之丞がすり寄ってくる。

白い頬を爵也の胸元に寄せて頬ずりする仕種は、まさしく猫だ。銀毛の、それはそれは美しい猫。

人型をとっているときは喉が鳴ることはないが、それでもゴロゴロとご機嫌な音色が聞こえてくるような気がする。

「ユキ、いい子だ」

「ん……っ」

白く滑らかな肌に余すところなく愛撫《あいぶ》を降らせ、淫《みだ》らな吐息を引き出していく。

見ためは若い青年だが、猫として長く生き妖怪にまでなった、過ごした時間のせいだろうか、この姿のときの雪之丞は、見た目年齢にそぐわぬ艶《つや》を醸す。

白い肉体は従順で、最初のとき、よもや自分のところにたどり着くまえに？　と、そんな考えが一瞬過ったものの、雪之丞の肉体はまっさらで、だというのに妖力とともにみだりがましい艶を放散されてはたまらない。

薄い胸の上で色づく小さな飾りは、少し弄ってやればぷくりと立ち上がって紅色に色づき、細い太《ふと》腿《もも》の内側のやわらかな皮膚に愛撫を落とせば、面白《おもしろ》いように痕跡《こんせき》が残る。

ふさふさの耳と尻尾《しっぽ》は、言葉より饒舌《じょうぜつ》で、いやだやめてと雪之丞が泣こうが、尻尾がねだっている限り手加減はいらない。

「あ……ぁ、んんっ！」

アルコールの影響で、今宵《こよい》の雪之丞は常以上に敏感で、そして素直だった。

爵也に求められるままに白い脚を開き、受け入れる場所を露わにして、あろうことか自身の白い指を自らその場所に這わせはじめた。

気持ちよくなるやり方を教えたのは爵也だ。だがこれまでは、雪之丞は恥ずかしがって、爵也が無体に命じない限り、こんなことはしなかった。

「今日は大胆なんだな」

可愛いよ、と朱に染まる耳朶《じだ》を舌先で擽りながらささやくと、雪之丞の白い肌が、ますます赤く色づいた。

「や……爵…也、が……」

爵也がさせるのだと言いたいようだが、そんな言い訳は通じない。

「なら、やめるか？」

「……っ」

「無理やりはしたくない。頑張った御褒美をあげてるんだ、雪之丞が嫌がることをとしたら本末転倒だ」

どうする？　と尋ねる自分の顔は、相当にあくどいに違いないと、爵也は思う。雪之丞は「ううっ」と唸ったあと、「ユキ？」と促されて、真っ赤になって縋りついてきた。

耳元で、蚊の鳴くような声が、希望を告げる。

「して」

爵也の目がゆるり……と見開かれた。

「いっぱいして」

爵也でいっぱいにしてほしい。爵也にも気持ちよくなってもらいたい。

「爵也に恩返ししたくて、ここまできたんだから！」

おじいさんを助けてくれた、自分の声を聞いてくれた、そんなことで？　と思われるかもしれないけれど、雪之丞にとっては一大事だった。

「ずいぶん色っぽい恩返しだな」

「……っ、こればっかりじゃないもん」

これからもっともっといろんな方法で、恩返しをしたいのだと雪之丞が口を尖らせる。

来年の爵也の誕生日にはもっと上達したケーキをつくりたいし、サチのお手伝いももっと上手にできるようになりたいし……と、できることを指折り数えはじめた青年の手を、爵也がやんわりと止める。

愛撫の途中で素面《しらふ》になられてはたまらない。

「楽しみにしているよ」

雪之丞がいる毎日が、驚きと幸福に満ちている。

そう耳朶に告げると、長い睫毛を数度瞬いたのち、雪之丞はぼふっと音がしそうな勢いで真っ赤になった。可愛らしい様子に目を細めて、爵也は本格的に雪之丞の肉体を暴きはじめる。耳と二股尾がついているだけで、他は人間の青年となんらかわりない肉体だ。

爵也を受け入れることに慣れはじめた肉体は、念入りな愛撫にほどなく蕩《とろ》け、熟した後孔《こうこう》から蜜《みつ》をあふれさせはじめる。

荒い呼吸に上下する薄い胸の上で、さきほど弄《いじ》った胸の突起が、赤く色づいているのが卑猥だ。

「爵…也……」

白い太腿を淫らに割り開いた格好で、濡れきった瞳で切なげに名を呼ぶ。こんな媚《こ》び方を教えただろうかと己の所業を反省したくなったもの束《つか》の間《ま》、「ここ、あつい……」と、雪之丞が白い指で後孔を弄るのを目の当たりにしてしまったら、もう自制はきかなかった。

「腹這いになって、お尻をむけてごらん」

命じてはいるものの、すっかり力の抜けた肉体を裏返してやる。腰骨を掴んで双丘を割り、太腿を開かせる。

潤んだ後孔に滾《たぎ》った自身を押し当てると、その場所が誘い込むように戦慄いた。

「あ……ぁっ、……んんっ！」

浅い場所をかき混ぜて快感を引き出したあと、一気に最奥《さいおう》まで貫く。

「ひ……ぁっ！　……あぁっ！」

がくがくと痩身が戦慄いて、雪之丞自身から滴った蜜がシーツにしみをつくった。構わず抽挿をつづけると、喘ぐ声は掠《かす》れ、支える力を失った上体がシーツに倒れ込む。腰だけ背後の爵也に向かって突き出す恰好のいやらしさにますます煽《あお》られ、蕩けた内壁を何度も何度もこすりあげた。

「あ……あっ、ひ……んんっ！　奥……もっと……っ」

アルコールの影響だけではないもので意識を朦朧《もうろう》とさせはじめた雪之丞が、意味をなさない言葉を紡ぐ。

甘ったるい喘ぎが鼓膜を焼いて、爵也を煽り立ててくる。

「あ……んっ！　い……ぃっ、い…っちゃ……っ」

痩身ががくがくと揺れて、ややして雪之丞は声にならない嬌声《きょうせい》を迸《ほとばし》らせ、しなる背を戦慄かせて頂に達した。

痩身が、ネジがきれたかのように、シーツに沈む。

その細腰を引き寄せて、爵也は引き絞る動きと戦慄く卑猥さとを見せる後孔を突き、一等深い場所に情欲を叩きつけた。

細胞のひとつひとつまで、自分に染まってしまえばいいなどと、怖いことを考えながら。

「……っ、……う、んんっ」

放埓《ほうらつ》の余韻に耐えるかのように、雪之丞の白い指がシーツに皺を寄せる。当然一度で許してやるつもりのない爵也は、ぐったりと横たわる細い身体を、胸にのせるように引き上げた。

「ん……っ」

甘く差し出された舌を啜《すす》り、健気に爵也を受け入れる場所を指先で探る。

「や……さわっちゃ…や……っ」

ヒリヒリするから……と涙目になる雪之丞の肉体も、まだまだ熱の排出が足りていない様子だった。毎夜抱いても、雪之丞は爵也の求めるままに乱れ、甘く鳴いてみせる。存在意義をつきつけるかのような行為に、ときおりたまらなくなって、力いっぱい抱きしめたくなる。

その一方で、大人の姿のときには、涙でぐしゃぐしゃになるまで、鳴かせてやりたいとも思う。可愛いからこそ、自分の言葉や行動に一喜一憂する姿が愛らしくてたまらない。

そんな爵也の気質を知る錫は、ヘンタイなどと容赦なく罵ってくれるが、単純な問題だ。これが爵也の可愛がり方なのだ。

「ヒリヒリ？　うずうずするの間違いだろう？」

痛いのではなく感じているのだろう？　と耳朶に艶を含んだ声音を落とすと、雪之丞は真っ赤になって眦《まなじり》に涙をためた。

この顔が可愛くてたまらないのだ。

「爵也のいじわるっ」

言わないで……と、震えながら訴えてくる。小さいユキのときにはうんとやさしくしてくれるのに、この姿でベッドのなかではどうして意地悪ばかりするのかと、ようやくアルコールが抜けてきたらしい雪之丞が泣きながら訴える。

そんなもの、理由はひとつしかない。

「雪之丞が可愛すぎるからさ」

耳朶に低く言葉を注ぐと、白い耳たぶが美味しそうに色づいた。「ばか」と可愛らしく罵る声が掠れて消える。

「爵也、大好き」

真っ赤な顔を隠すように、ぎゅむっとしがみついてくる。

「ずっと傍においてね。いい子にするから、ここにいさせて」

いじらしい懇願だが、爵也は長嘆で返した。

「違うだろう？」

「……？」

顔をあげた雪之丞の、左右で色味の違う瞳が不安に揺れる。

「ずっと一緒にいたい、って言うんだ」

雪之丞はもうペットではない。家族だ。だから「傍におく」のではなく、ともに生活する。一緒に歩く。

言ってごらんとそそのかすと、しばしの逡巡《しゅんじゅん》ののち、雪之丞は「ずっと一緒にいて！」と、先以上に強い力で抱き着いてきた。

その言葉に満足して、爵也は今一度、雪之丞の痩身を組み敷く。大きな瞳が、きょとんっと瞬いた。

「……また？」

まだするの？　と恐る恐る尋ねてくる。「当然」と返す代わりに、爵也はニンマリと口角を上げた。

そして、雪之丞を抱いて、バスルームへ移動する。泡立った湯船で雪之丞を好きなだけ洗うのも、爵也の楽しみのひとつなのだ。

もちろん、することはする。逆上せない程度に。

「爵也…っ、待……、……あ、んんっ」

湯の中で敏感になった肌を思う存分弄る。雪之丞は大きな目に涙をいっぱいためて、「最後までして」と甘えた声でおねだりをした。

結局、バスルームで逆上せた雪之丞が、妖力の限界がきて意図せず仔猫姿に変化してしまい、爵也の首もとで丸くなって眠った。

朝になったら、全身に艶っぽい疲れを滲ませた美青年が、腕枕ですやすやと眠っていた。どちらも愛しい、爵也だけの妖怪だ。

エピローグ

勝手口の外にある水道の蛇口から如雨露《じょうろ》に水を汲《く》んで、えいしょえいしょと中庭へ運ぶ。

今日、雪之丞がサチから言い渡されたお手伝いは花壇の水やりだ。花を傷めないように、やわらかなシャワーで根本の土に水をやる。そのときに土がえぐれないように、水流の強さに注意するのがコツだ。

「コケるなよ」

今日も今日とて、爵也の忠告を無視してケージを脱走してきた錫と絹が、雪之丞の左右の肩から茶々を入れる。絹は常に頬袋をもごもごさせているから、二匹分の茶々を入れているのは主に錫だ。

「うん、大丈夫」

いつかは花壇をぐしゃぐしゃにして、植えたばかりの苗をつぶしてしまったことがあったけれど、もうあんな失敗はしない。でも、小さな身体に園芸用の如雨露は大きく、雪之丞は水の重さを考慮せず、満杯に汲んでしまっていた。

「そこは昨日サチが種を植えた場所だからな。ほかより慎重にしろよ」

「う……ん」

園芸用の如雨露だから、サーッと細かい霧のような水が注がれる。それがとてもきれいで、雪之丞が水の流れに見入った。

「綺麗だね」

花が咲いているわけでもないのに何を言っているのかと、錫が呆れを滲ませたため息をつく。反対側の肩で絹は、「たべられないのに？」と、頓珍漢なことを言った。

「少しは食うことから離れろ」

錫の指摘にも、絹は「へへ」と笑うのみ。

「ここにね、ヒマワリの種を植えてあるんだよ」

サチから教わったワクワクを、二匹と共有する。

「ヒマワリ！」

一等早く反応したのは、いつもはおっとりしている絹だった。

「なんでうめちゃうの？　食べられないのに」

「だーかーらー」

錫が、もう突っ込むのも面倒くさいと言わんばかりに目を細める。

「お花が咲いたらね、種がいっぱいとれるんだって」

「いっぱい!?」

「うん、だから、お花咲くの楽しみだね」

雪之丞の言葉に、絹が目を輝かせる。錫は「それ以上丸くなってどうするんだ」と毒づいた。

そこへ、午前中の診察が終わったらしい、サチの呼び声が届く。

「ユキちゃん、手を洗って、お昼ご飯にしましょう！」

先生も区切りのいいところで終わらせてくださいね、とつづく声は、いつものものだ。

「はぁい！」

如雨露を片付けて、縁側を上がる。

診察室のドクターズチェアから、爵也が腰を上げるのが見えた。

「爵也！」

たたっと駆けて、飛びつく。

その寸前に、二匹は雪之丞の肩から飛び降りて、ささっとケージへ。爵也に見つかっているのはわかっていても、脱走はなかったことにしたいらしい、そそくさとケージに戻って、毛づくろいをするふりをはじめる。

「お手伝いは終わったかい？」

「うん！　ヒマワリ、綺麗に咲くよね!?」

ちゃんとお水あげられたから、ちゃんと咲くよね？　と尋ねると、爵也は雪之丞を抱き上げて、ダイニングに移動しながら「お陽様にお願いすることだ」と返してきた。

「お陽様に？」

雪之丞が首を傾げると、「おじいさんに教わらなかったか？」と、少し乱れた銀髪を長い指で梳《す》いてくれる。

「地球上の生き物はぜんぶ、お陽様のおかげでこうして生きていられるんだ」

生命の源は太陽なのだと爵也が言う。難しいことはよくわからないけれど、なんだかとても素敵なことのように感じた。

「ヒマワリも？」

尋ねると「ああ」と頷く。

「猫も？　ジャンガリアンも？」

「そうだな」

植物も動物も、太陽がなければ生きていけないのは同じだと言う。

雪之丞は大きな瞳を輝かせながらも、少し考えて、長い睫毛をひとつ瞬いた。そして不安げに尋ねる。

「……妖怪も？」

聞かれた爵也は少し驚いた顔をしたあと、「どうだろうな」と口元に笑みを刻む。途端、不安に駆られた雪之丞の頬を指の背で軽く撫でて、爵也は言葉をつづけた。

「妖怪にお陽様が必要かどうかはわからないが――」

大きな手が雪之丞のプラチナの髪をかき上げて、白い額にそっと触れるキス。

「――俺は雪之丞がいてくれないと困る」

そして、旋毛《つむじ》にも唇が落とされて、雪之丞は小さな手を伸ばして、爵也の首にぎゅむっと抱きついた。

かつて、おじいさんがよくかけてくれた言葉が、ふいに思い出された。

――『おまえはここでこうしていてくれるだけでいいんだよ』

猫の雪之丞を膝に抱いて、おばあさんの淹《い》れたお茶を飲みながら、皺の刻まれた手で雪之丞の背を撫でてくれた。温かい記憶。

ぽん！　と弾ける音がして、無意識のうちに雪之丞は猫姿に変化してしまった。「あれ？」と目を丸くする雪之丞の首根っこをつまんで、爵也が顔の高さに上げる。

「なんだ？　猫まんまのほうがいいのか？　今日のランチはサチ特製ナポリタンだそうだぞ」

シェフの味にも負けないように改良を重ねているらしいぞ、と爵也が愉快そうに言う。

「え!? 嘘!? やだ! ナポリタン!」

じたじたと四肢をばたつかせる仔猫の微笑ましい様子に口許を緩ませて、爵也はその小さな牙ののぞくピンク色の口に、ちゅっとキスをした。

あとがき

こんにちは、妃川螢《ひめかわほたる》です。

拙作をお手にとっていただき、ありがとうございます。

仔猫も成猫も、お子様も美青年も、自由自在の妖怪設定は、なんと美味しいのでしょうか！　などと書きつつ、作者と攻め様の趣味によって、ほとんど仔猫と幼児姿だったのは、BLとしてどうなのかと多少思わなくもないですが、そこはまぁ、可愛いからオッケー！ってことで、お許しください。

でも、たぶん常連の読者様はお気づきだろうと思いますが、今作での私の一番のお気に入りはジャンガリアン兄弟です。こいつらホントに妖怪かもしれない……と、そんな設定をつくった覚えはないのに、書きながら思ってました。

「スーパーハムーン」という単語でネット検索していただくと、リアルの絹《きぬ》ってきっとこんな感じ、という可愛い画像がたくさんヒットするかと思います。雑誌掲載当時に担当様に教えていただきました。

イラストを担当してくださいました北沢《きたざわ》きょう先生、お忙しいなか素敵なキャラたちをありがとうございました。

可愛い猫耳尻尾のふさふさ具合がたまりません！　もふもふはやっぱり正義だなと、改めて感じました。

お忙しいとは思いますが、機会がありましたら、またご一緒させていただけたら嬉しいです。

妃川の今後の活動情報に関しては、ブログをご参照ください。

http://himekawa.sblo.jp/

Twitterアカウントもあるにはあるのですが、システムがまったく理解できないまま、ブログ記事が連動投稿される設定だけして、以降放置されております。いただいたコメントを読むことはできるのですが、それ以外の使い方がさっぱり……。

そんな状態ですが、ブログの更新のチェックには使えると思いますので、それでもよろしければフォローしてやってください。

無反応に見えても、返し方がわからないだけなのだな……と、大目に見てくださいね。

@HimekawaHotaru
皆様のお声だけが執筆の糧です。ご意見ご感想等、気軽にお聞かせいただけると嬉しいです。

それでは、また。どこかでお会いしましょう。

二〇一七年三月吉日　妃川螢